死にたがりの僕たちの28日間

望月くらげ

STARTS
スターツ出版株式会社

ずっと消えてしまいたかった
自分なんている意味はないとそう思っていた
でも、君がくれた約束が僕に生きる意味をくれたんだ
ねえ、いつかふたりで星を見に行こうよ
君が教えてくれた満天の星空を
だからその日まで、僕の隣で笑ってて
誰かとじゃない
僕は、君と生きていきたいんだ

目次

死にたがりの僕たちの28日間

第一章　十月三日

コポッと音を立てて、口から空気の泡があふれ出す。

教室にいるはずなのに、まるで水の中みたいに息が苦しくて、うまく呼吸ができなくなる。

ここは本当に自分の居場所なのだろうか。

だとしたら、どうしてこんなにも息苦しいのだろう。

両足で立っているはずなのに、足元からぐらついてくる。

どうして私はここにいるのだろう。どうして私が、生きているんだろう。

「それでね、そのとき先生が」

「え、そんなことあったの？　笑っちゃうんだけど。ね、英茉《えま》」

息を吸っても肺の中が満たされない。苦しくて溺れてしまいそうになる。

「英茉？」

友人の市井穂波《いちいほなみ》は怪訝《けげん》そうに私の顔を覗《のぞ》き込むと、起きているか確かめるように顔の前で手をヒラヒラとさせた。

隣にいた希帆《きほ》ちゃん――杉本《すぎもと》希帆も不思議そうに首を傾《かし》げていたから、慌てて意識を引き戻す。

そうだ、ここは水中じゃない。私が通う、天山《てんざん》高校二年三組の教室だ。

うっすらと聞こえた会話を必死に思い出すと、私は取り繕うように笑った。

「ホント笑っちゃうね」

「もー、今寝てたでしょ？」

「寝てないって。お腹すいたなーって思ってただけで」

「食いしん坊じゃん！」

周りの笑い声に合わせて私も笑う。笑っているはずだ。

なのに、心の中はどうしようもなく空っぽで、虚《むな》しい。

「三上《みかみ》さん、先生が呼んでたよ！」

「ホント？　すぐ行くー」

教室の入り口から声をかけられて、私は立ち上がった。

「ごめん、ちょっと行ってくるね」

「はーい」

「英茉ってば、なにしたの？」

「えー、真面目すぎてとか？」

「なにそれ」

おどけたように言うと、声をかけてくれた友人にお礼を伝えて私は教室を出た。

「……はぁ」

ひとりになると、少しだけ呼吸が楽になる気がする。

少し落ち着いてから歩き出すと、前から歩いてきたクラスメイトと目が合った。

「あれ？　三上さん、どこ行くの？　もうすぐ授業はじまるよ？」

「先生に呼ばれちゃって。職員室行ってくる」

「そっか、いってらっしゃい」

笑みを浮かべ、手を振り返す。

誰にでも笑顔を向けてくれる彼は、きっとこんなふうに鬱々とした気持ちなんて抱かないのだろう。

友達に囲まれていつだって笑っていて楽しそうで嬉《うれ》しそうで。

どうしたらそんなふうに生きられるのか私にはわからない。

あんなふうに生きられたら幸せだろうと思う半面、内心ああは生きられないのが私なのだとわかってもいる。

いくら上辺だけ見せかけても、心の中までは変われない。

人当たりがよくて、友達もいて、そこそこ勉強もできる。それが他人から見た私、三上英茉だ。

家族仲だって悪くない。心配しつつも自由にさせてくれる両親がいて、たまに鬱陶しいけど可愛《かわい》い妹だっている。なのに。

「あ――、しんどっ」

恵まれていることはわかっている。

だから他の人からしたら、なんて贅沢《ぜいたく》な悩みなんだと言われるかもしれない。

でも、たまにどうしようもなく消えたくなる。

心の中が空っぽで、真っ暗な闇に吸い込まれてしまいそうになる。

「……ははっ」

廊下の窓ガラスに反射して映る自分の顔がよくわからない。

笑っているのだろうか、それとも泣いているのだろうか。

見えているはずなのに、自分自身のことのはずなのに、私が一番わからなかった。

「失礼しました」

職員室のドアを閉めて、ふうと息を吐く。

先生の呼び出しは本当にたいしたことじゃなかった。

先日提出した書類に一箇所、保護者の印鑑が抜けてるからもらってくるように、とかそういう内容だった。

そんなこと帰りのホームルームで言ってくれればいいのにと思いつつ、教室から出られたからまあいいかと思う。

ようやく戻ってきた教室の前で、少しだけ足を止めて深呼吸をする。

家も、学校も、友人たちと一緒にいても、どこか居心地の悪さを感じていた。

そっと教室のドアを開ける。けれど、ガラッという音が妙に響いてしまった。

その瞬間、クラスメイトの視線がわずかにこちらへと向けられ、それから興味を失ったように逸《そ》らされる。

妙に注目されてしまった気まずさを誤魔化すために見回した教室の中で、ひとりの女子が目に留まった。

背が低いからか、黒板の上部を消せずぴょんぴょんと飛び跳ねている。

そんな姿に、中学時代の友人を重ねてしまいそうになる。あの子もよく、あんなふうに——。

「……っ」

記憶の中に引きずられてしまいそうになって、慌ててその姿から目を逸らし、私は自分の席についた。

思い出したくなくても、思い出してしまう。

親友というほど仲がよかったわけではない。

でもただのクラスメイトと言ってしまえるほど他人でもない。

そんな彼女が、中二のある日、突然自殺した。いじめが原因だった。

いじめられているなんて知らなかった。

どうして気づいてやらなかったんだと先生たちは私や他の友人を責めた。

知ってて隠してたんじゃないかと心ないことも言われた。

私たちだって知っていれば声をかけられたかもしれない。

でも、いつも笑っている彼女がいじめに遭っているなんて、これっぽっちも思わなかった。

あの日から、生と死の境目がわからない。

どうして私が今生きていて、どうして彼女が死ななきゃいけなかったのか。

死んで消えてしまえば、全てがなかったことになってしまうのか。

なら、今こうやって生きている意味はなんなのか。

私には答えが出せなくて、三年経った今でもずっと考え続けていた。


なんとなく気が重いまま授業を終えたものの、どうにも気分が上がらず友人からの誘いを断って学校を出る。

足早に人通りの多い場所を抜け、誰もいない住宅街で電柱に手をついた。

息苦しさから解放されるように大きく息を吸い込むと、肺いっぱいの空気と一緒にしんどさを吐き出す。

友人と一緒にいても楽しいと思いきれない私は、欠陥品なのかもしれない。

輪に入っているようで、どこか遠くから見つめている気分になってしまう。

「……帰ろ」

気持ちと同じぐらい重くなった足を動かすと、やがて少し先に公園が見えた。

小学生が騒いでいる横を足早に通り過ぎようとして、ふと子どもたちの足もとになにかが見えた。

あれは、鳩《はと》？　でも大きさからすると烏《からす》のようにも見える。

けれど、白い烏なんていただろうか。

よくわからない真っ白な鳥が、子どもたちに囲まれるようにして地べたに倒れ込んでいた。

どうやらそれを見て子どもは騒いでいたらしい。

とはいっても、私には関係のないことだ。

緩めていた歩調を戻すと前を向いた。

けれど――。

「ねえ！　ねえってば！　高校生のお姉さん！」

「え？」

後ろから誰かが走ってきて、私に声をかけた。

振り返るとそこにいたのは、ランドセルを背負った小学生の男の子だった。

友達だろうか、公園の入り口からこちらを見ている他の子の姿もある。

「私……？」

「そう！　お姉さん、ちょっとこっち来て！」

「え、いや。私は帰るところで……」

「いいから！」

私の腕を引っ張る男の子に押し切られるまま公園へと足を踏み入れる。

そこには白い鳥がいて、両足にワイヤーのようななにかが引っかかっているようだった。

「これ、助けてあげられないかな？」

「助けてって言われても……」

野鳥を触ってはいけないと聞いたことがあった。

たしか菌を持っているからだったはずだ。

ぐったりとしている姿を可哀想《かわいそう》には思うけれど、これも自然の摂理だと思う。仕方がないのだ。

たとえワイヤーという人間が作り出したもののせいで、生を終えるとしても。

私は子どもたちに視線を合わせると、ゆっくりと話す。

「鳥にね、触っちゃ駄目なの。触ると病気になるんだって」

「えー、そうなんだ」

「じゃあ、こいつどうするの？」

「うーん、可哀想だけどそっとしておくしかないと思うよ」

 子どもたちは納得していないようで口々に文句を言っていたけれど、五時を知らせるチャイムが辺りに鳴り響くと名残惜しそうにしながらもその場をあとにした。

私も鳥の様子が気になりながらも公園から立ち去ろうと歩き出した、はずなのに。

「ああっ、もう！」

触らない方がいいことも、そのままにしておく方が正しいこともわかっていた。

でも、身動きの取れないあの鳥が私と重なった。

もがきたくても苦しくて、どうしていいかわからないけれど誰かに助けてほしい。

私を助けてくれる人はいないけれど、あの鳥に絡みつく枷《かせ》を取ることはできる。

「……じっとしててね」

鳥のところに戻ると、身体《からだ》に触れないようにワイヤーを解いていく。

足に絡みついて所々食い込んでいる。

暴れたらどうしよう、と思ったけれど鳥は大人しくしていた。

体力が削られて、抵抗する気力もないのかもしれない。

傷つけないように、触れないようにと思うと想像以上に時間がかかった。

もうとっくに秋だというのに夕日に照らされた公園はジットリと暑くて、私の頬から落ちた汗が鳥の足にぽたりと落ちた。

「できた……！」

解いたワイヤーをゴミ箱に捨てる。また他の鳥が絡まらないように。

「もう大丈夫だよ。っていっても、言葉なんてわかんないか」

鳥は相変わらずその場で倒れ込んだまま動かない。

これ以上、私にできることはない。

生きるも死ぬも、この鳥次第だ。

「あなたは生きたい？　それとも死にたい？」

答えなんて返ってくるはずがないのはわかっている。

「あなたの望む方に、できたらいいよね」

そう言った瞬間、鳥が目を開いた。

真っ白な身体に、真っ黒な目を持つその鳥は、私を見つめているように思えた。

その目が妙に怖くて、逃げるようにその場を立ち去った。

平和の象徴と言われる鳩のように真っ白な身体をしているのに、瞳だけは闇のように暗くて、烏《からす》のようにさえ見えた。

逃げ帰るように辿《たど》り着いた家の中はガランとしていて、そういえば今日は妹のスイミングの日だったと思い出す。

テーブルの上に視線を向けると、母親からのメモが置かれていた。

『お腹がすいたらおやつは冷蔵庫にあるよ』

小学生に向けたかのような書き置きをスルーすると、念のため手をしっかりと洗ってから自分の部屋に向かった。


部屋に入り、鍵をかけた。

カチャッという、鍵のかかる音に気持ちが楽になるのを感じる。

自分の部屋に鍵をつけることを、両親は反対していた。

けれど定期テスト前に勉強をしていると妹が邪魔をしてきて困ると言えば、それ以上なにも言われなかった。

制服のままベッドに寝転がると、両手で目を覆い、暗闇の中へと沈み込む。

少し長めのボブヘアーが、顔に絡んで鬱陶しい。

巻いているわけでもないのにクルクルとなる髪が邪魔で、そろそろ切りに行こうかなと、ボーッとした頭で考える。

「……はぁ」

カーテンを閉めた部屋でこうしていると、この世界にひとりぼっちになったみたいな気持ちになる。

海の上を漂っているような、生と死の狭間《はざま》にいるような、不思議な気持ちだ。

こうやって目を閉じたまま、消えてしまうことができればいいのに。

そんな叶わないことを願ってしまうぐらい、生への執着が希薄になっていた。


「——お姉ちゃん、ごはんだよぉ」

「ん……」

気づけば眠ってしまっていたらしい。

真っ暗な部屋で目を開けば、ドアの向こうから妹の睦実《むつみ》の声が聞こえた。

「すぐ行くって言っといて」

「はあい」

廊下をてってってっと走っていく音を聞きながら、皺《しわ》になった制服をハンガーに掛け私服に着替えた。

さあ、どことなく気乗りのしない時間を過ごしに行こう。

なに不自由なく、幸せに暮らしている『私』として。

この日の夜も、代わり映えのしない、いつも通りの時間を過ごした。

居心地の悪さを感じながらも、なにか行動に移すこともできない。

変わることも、変えることもない。

そんな自分が嫌になる。

このまま一生、自分自身に、そして周りに違和感を覚えたまま生きていくのだろう。

そんな人生のなにが楽しいのかわからない。

でも、そういうふうにしか、私は生きることができない。

学校がある日は、まだマシだ。

授業を受けている間は、他のことを考えなくて済む。

でも、休みの日は違う。

なんの予定もなければ、ただ時間が過ぎるのを自分の部屋で待ち続けるしかない。

ひとりでいるのは苦痛じゃない。

誰かと一緒にいる方が、どうにも居たたまれない。

そして、それを理解してもらえないのが、もっと苦しい。

「はぁ」

今日もひとりで部屋にいた私に、母親たちが「暇だったら一緒に出かけない？」と、声をかけてきた。

そんなつもりはないのかもしれないけれど、気を遣われているようで嫌になる。

よそ行きのワンピースを着た妹が「お誕生日プレゼントを買ってもらうの！」と顔をホクホクさせているのが見えて、私は――。

「やっとひとりになれた」

家から少し歩いたところにある河原に向かうと、ちょうどいい高さの岩の上に腰を下ろした。

最初、公園に行ったのだけれど、土曜日の公園は親子連れがいっぱいで私の居場所なんてどこにもなかった。

空をボーッと見上げながら、どうして私は上手くやることができないのかと考えてしまう。

両親は優しくて、仲のいい友達がいて、なに不自由なく暮らして。

なのに、こんなにも心が息苦しい。

行くあてなんてないのに、今すぐにこの場所から逃げ出したくて仕方がない。

「はぁ……。しんどいなぁ」

逃げ場所なんてあるわけない。

どれだけ逃げたいと思っても、逃げることなんてできっこない。

私は、自分の意思で星になった彼女とは違う。彼女のようにはなれない。

これからもきっと、こうやって息苦しさを抱えながら生きていくのだろうと、流されるままに過ぎ去っていく雲を見つめながら、私は重いため息を吐き出した。

結局、家族が帰ってくる少し前に自宅に帰り部屋に引きこもった私は、帰ってきた両親から促されるままに晩ご飯を食べ終え、再び自分の部屋に戻る。

お腹の中は満たされてホクホクしているはずなのに、胃もたれのように重く感じるのはどうしてだろう。

「あ、涼しい」

少し涼みたくて、窓を開けてベランダに出た。

数日前まで夏がまだ残っていてどこか蒸し暑かった外も、今は半袖だと少し肌寒いぐらいだ。

パーカーを取ってくればよかったと思いつつ、面倒だと思う気持ちが勝ち、そのまま手すりに寄りかかった。

ふと夜空を見上げると、満天の星が広がっていた。

そういえば、今日はりゅう座流星群が活発になる日だと、毎朝スマホに入る星空通信から通知が来ていた。

このまま見ていればきっと──。

「あっ、流れた」

ひとつふたつと、線を描くように星が流れる。

瞬く間に何度も流れる星々から目が離せない。

吸い込まれるように、手を伸ばす。

「行かなくちゃ」

どうしてだかわからないけれど、とにかくあの星の下に行かなければいけないような気がした。

もっと近くに。

もっとそばに。

近くの公園。あそこに行けばよく見えるかもしれない。

でも、あの鳥がいるかもしれないと思うと、背筋が寒くなる。

そんな気持ちとは対照的にあの鳥がどうなったか確認したいという思いもあった。

生と死。

あの鳥が、どちらを選んだのか、確かめたかった。

部屋を出てそっと階段を下りる。

リビングからはニュース番組のリポーターの声と、洗い物の水音が聞こえてくる。

気づかれないように靴を履き、玄関を出ると真っ暗な世界に飛び出した。

公園に向かう間も、頭上を幾つもの星が流れていく。

心臓がドクドクと音を立てる。

あの角を曲がれば公園だ――。

そう思った瞬間、なにかに足を取られたのか躓《つまず》き、派手に転んでいた。

「いった……」

足を捻《ひね》ってしまったのか、ズキズキと鈍い痛みが走る。

腕もすりむいたようで、ヒリヒリとした。

それでも動かせないほどじゃなかったから、折れているとかそういうことではなさそうだ。

安心して立ち上がったのと、私の目の前がまばゆい光で照らされ真っ白になったのが同時だった。

◇◆◇

瞼越《まぶたご》しに感じていた光が落ち着くのを感じ、うっすらと目を開けると、私は真っ白な空間にいた。

さっきまで夜道を走っていたのに、急に辺りが真っ白になるなんてありえるのだろうか。

そもそもここはどこ？

周囲を見回しても、白いだけでなにもない。

壁もなければ家もない。電柱も標識もない。

さっきまであったもの全てがなくなった空間で、私はひとり――。

「ああ、気が付きましたか？」

その声は、私のすぐ後ろから聞こえた。

落ち着いた言葉とは裏腹に、どこかあどけなさの残る声。

「え……？」

振り返った先にいたのは、十歳ぐらいの白いワンピースのような服を着た子どもと、
それから――困惑した表情で立つクラスメイトの男子、だった。

「桐生《きりゅう》くん……？」

「三上さん、だよね。え、どうしてここに」

怪訝そうに言われて、私も戸惑ってしまう。

同じクラスの桐生琉生《るい》は明るくていつだってニコニコしていて、それでもって悩みなんてこれっぽっちもなさそうな男子だった。

染めているのか地毛なのかわからない少しだけ明るい髪色、通りすがりの人が思わず振り返るような整った顔立ち。

その切れ長の瞳に見つめられると、大抵の女の子は頬を赤くしていた。

特に仲がいいわけではない私にも、廊下ですれ違えば声をかけてくれる。

そういえば昨日も職員室に行こうとしたとき呼び止められたっけ。

学校以外で会うことになるなんて思わなかった桐生くんも、今はどこか落ち着かない様子で頭を掻《か》いたり辺りを見回したりしていた。

混乱しているのは私だけではないようで、安心する。

隣に立つ子どもと私を見比べながら、桐生くんは頭を抱えていた。

なのに、その隣で子どもはいったいなにがおかしいのか、口に手を当ててクスクスと笑っている。

桐生くんがいることに驚いて気にする余裕がなかったけれど、その子の容姿は変わっていた。

変わっているというか、奇妙というか。

白い服と同じぐらい真っ白な髪色をしたその子は、真っ黒な瞳を私に向けていた。

その視線に怯みそうになって、慌てて虚勢を張った。

「ちょっとなに……」

「死んだからここにいるんですよ。おふたりとも、ね」

どうして笑っているのかと尋ねようとした私の言葉を遮ると、その子は小首を傾げ微笑《ほほえ》む。

その拍子に、肩の辺りで切りそろえられた髪がふわりと揺れた。

「僕はハク。今日この街で死ぬ予定の魂を回収しに来ました」

中性的な容姿からは男女の区別がつかなかったけれど、聞こえてきた声は女性のものにしては少し低めだった。

「魂を回収って、あなたいったい……」

「悪魔でも天使でも死に神でも、なんとでも好きなように思ってください」

魂を取りに来たのだから死に神？

死者を迎えに来るのは天使？　それとも悪魔？

目の前のハクと名乗る子どもが何者なのか私にはわからないけれど、この子の言うことが確かなら私と、それから桐生くんは死んだということになる。

「そっか……。私、死んだんだ」

口に出した瞬間、胸の中がスッとした。

心が軽くなるのを感じる。

死にたいと明確に思っていたわけじゃない。

でもずっと生きていることが苦しかった。息苦しかった。

「いえ、まだ正式に死んだわけではありません」

「どういうこと？　だってさっき『この街で死ぬ予定の魂を回収しに来た』って言ったでしょ？」

「はい、そう言いました。でも、僕が回収しに来た魂はひとつなんです」

「ひとつ……？」

私は桐生くんと顔を見合わす。

ここには私と桐生くんのふたりがいる。

回収しに来た魂がひとつということは、どちらかひとりは死んでいないということになる。

「でもどうしてそんなことに」

「おねえさんがイレギュラーなことをするから」

「私？」

突然、矛先を向けられてギョッとする。

ハクは私の言葉にうんうんと頷《うなず》いた。

「そうですよ。ふらふらと家を飛び出してトラックに轢《ひ》かれたりなんかして」

「そ、そんなこと言われても」

「あれは今日の予定には入っていない出来事なんです。どうしてくれるんですか？」

責める、というよりはどこか面白がっているような口調でハクは言う。

どうしてくれると言われても困る。

そもそも轢かれた記憶さえないんだから。

けれど、意識を失う寸前、真っ白な光が向けられたのを覚えている。

もしかするとあれがトラックのヘッドライトだったのかもしれない。

とはいえ、私だって轢かれようと思って轢かれたわけじゃない。

流星群を追いかけているうちに、気づけば轢かれてしまっていた。

事故だ。不可抗力だ。

「そんなこと言われても」

「まあそうですね、そんなこと言っても仕方ありません。なので……」

ニッコリ笑うと、ハクは私と桐生くんに両手を伸ばした。

「どちらが死ぬか選んでもらっていいですか？」

「なっ……」

思わず言葉を失う。

桐生くんも同様に、ハクの言葉にどういう反応をするべきなのか戸惑っているように見えた。

「選ぶって、どういうこと？」

私の質問にハクは小首を傾げる。

「選ぶんですよ。どっちが死ぬかを。だって今日この街で死ぬ予定なのはひとりなんですから。連れていくのはそれ以上でもそれ以下でも駄目なんです」

なにを当たり前のことを、というかのようにハクは話す。

理解できたような、できなかったようななんとも言えない気持ちを抱えたまま、言われたことを頭の中で整理する。

本来であれば今日死ぬ予定だったのは桐生くんだった。

なのに、私がイレギュラーにトラックに轢かれ死んでしまった。

そのせいで、予定が狂ってしまったという話だ。

「なにそれ……って、痛っ」

ちりりと痛みを感じて腕を見ると、左手首から肘にかけて血が流れていた。

転んだときにすりむいたのは覚えているけど、こんなに酷《ひど》い傷になっていたなんて。

もしかしたらトラックに轢かれたときの怪我《けが》かもしれない。

けれど幸いと言っていいのか、それ以外に目立った外傷はないようだった。

「本当なら間違って死んだおねえさんの方を生き返らすんですけど」

「私、生き返りたくなんてない！」

「そうですか」

反射的に言い返してしまった私の言葉に驚くことなく、ハクは笑顔のまま頷き、桐生くんの方を向いた。

「ということですが、お兄さんはどうです？　なんて、愚問かもしれませんが」

「どういうこと？」

どうして私には尋ねておいて、桐生くんには愚問なのか理解ができなかった。

桐生くんは一瞬目を逸らし、それから普段からは考えられないような冷たい視線をこちらに向けた。

「自殺したから、俺」

一瞬、なにを言われたのか理解できなかった。

「自殺って……桐生くんが？　嘘《うそ》！」

「嘘ってなんで？　俺が自殺したら変？」

「変だよ。だって、桐生くんはいつも笑顔で楽しそうで、それで」

「悩みなんてなさそうで？」

そう言われてしまうと返す言葉に困る。

決して悪い意味で思っていたわけじゃない。

でも私が感じていた印象を、桐生くんは馬鹿にしたような口調で言った。

そう思っていた私を、あざ笑うように。

「まあ、そうやって思ってもらえてたなら大成功かな」

「大成功って……？」

「とにかく、俺は生き返るつもりないから。イレギュラーなら三上さんが生き返りなよ。死ぬつもりなんてなかったんでしょ？」

「それは、そうだけど……」

たしかに死ぬつもりなんてなかった。

事故に遭わなければ、きっと今頃は公園で流星群を見て、自宅に帰っていたはずだ。

でも……。

死にたかったわけじゃない。

けれど、心の中にずっとくすぶり続けている友人の死を忘れられるなら。

退屈で居心地の悪い日々を終わらせられるなら。

いっそこのまま死んでしまった方が楽になれる気がした。

「私だって生き返りたくない」

「……は？」

私の言葉に、桐生くんは露骨に眉をひそめた。

「まあまあ」

そんな私たちの間に割って入ったのは、困ったように、でもどこかおかしそうに笑うハクだった。

「どちらも生き返りたくないということはわかりました」

「じゃあ！」

「でも、死ねるのはどちらか片方です。なので、ゲームをしませんか？」

「ゲーム？」

訝《いぶか》しげに尋ねた声が、桐生くんのものと重なった。

「はい、ゲームです。どちらが死ぬのにふさわしいか決めるゲーム」

真っ黒な瞳で私たちを見つめるハクが、どうしてかあの白い鳥と重なった。

「どうです？　良い考えでしょう？」

「勝った方が死ねるってこと？」

「まあそういうことです」

なんでそんな面倒なことをしなくちゃいけないのか。

思わず口をついて出そうになった言葉を、私は慌てて呑《の》み込んだ。

余計なことを言えば、じゃあ元々死ぬ予定だった桐生くんにしましょう、と言われかねない。

このまま黙って話を聞いた方が、きっといい。

そんな私の反応を見て、ハクは肩をすくめて笑った。

「僕は死にたい人を連れていければそれでいいんだけどなぁ」

チラッとこちらに視線を向け、ハクは話を続ける。

「ゲームの終わりは今月末。月末の報告日までには連れていかなければいけないので。その日までにどちらが生き返り、どちらが死ぬかを決めてください」

ハクの言葉はどこか淡々としていて、人の死の話をしているはずなのに事務的なその対応に引っかかりを覚える。

それと同時に、向こうの世界も死は特別なものではなく、それぐらいの扱いのものなのだと安心もした。

心の中の戸惑いを見透かされないよう、私はなんでもないように尋ねた。

「どうやって決めるの？」

「それはおふたりで考えていただければ」

無邪気な笑顔を浮かべるハクに、毒気が抜かれる思いだ。

私は少しだけ冷静になって、ハクに言われたことを考える。

今月末、ということは今日が三日だから、あと二十八日だ。

二十八日後に、どちらか片方の魂が連れていかれる。

「ってか、そんな面倒くさいことしなくても今桐生くんが死なないって言ってくれれば済む話なのに」

「それは俺のセリフだよ。三上さんこそ生き返りなよ。今度駅前にできるカフェに行くんだって言ってたでしょ」

「言ってたけど、なんで知ってるの？　え、もしかして盗み聞き？　怖い！」

「あんなに大きい声でワイワイ言ってたら、聞こうとしなくても聞こえるよ」

お互いに引くことなく、不毛な言い争いを繰り広げてしまう。

ああ言えばこう言う桐生くんに苛立《いらだ》ちを覚え、私はつい尋ねてしまった。

「どうしてそんなに死にたいの？」

「……っ」

わずかに桐生くんが動揺したのがわかった。

なぜ、と疑問に思ったあと、さっき桐生君の口から出た「自殺」という言葉を思い出す。

自殺するような理由が、桐生くんにあるのだろうか。

そう考えつつも、なんの前触れもなくある日突然自殺することがあると、私は知っていた。思い知っていた。

黙ってしまった桐生くんに、私はおずおずと話しかけた。

「あ……ごめん。その、別に言いたくなければ言わなくても……」

「はっ……、さっきまでの威勢はどこに行ったんだよ」

「それは……」

「ってか、逆に聞くけど三上さんはなんで死にたいの？　本当は死ぬつもりなんてなかったんだろ？」

桐生くんの質問に、今度は私が黙り込む番だった。

「人に尋ねておいて、自分は言えないの？」

「そ、れは……」

「あーもう、しょうがないですね」

しびれを切らしたように、ハクは私たちの間に割って入った。

「それなら、こういうゲームはどうでしょう。お互いに死にたい理由をプレゼンするんです。それで勝った方が死ぬ。簡単でしょう？」

「プレゼン……？」

「ええ。チャンスは四回です」

四本の指を立てて、薄ら笑いを浮かべる。

「一週間ごとにここで死にたい理由をそれぞれプレゼンしてください。二十八日目の最終プレゼン後、死ぬのにふさわしいと思う方を教えてください。このゲームの勝ち負けを決めるのはおふたり自身です」

ハクの説明に納得できないどころか、不満しかない。

「毎週って……。なんでそんな面倒くさいことを？　わざわざまどろっこしいことする必要ある？　それにお互いに死にたいと思ってるんだから、プレゼンなんてしても平行線でしょ」

二十八日の猶予なんていらないから、今ここで結論を出してほしい。

だいたい、ご丁寧に一週間おきに話し合ったところで、どちらかの死にたい気持ちが覆されるわけでもない。

だからこんなゲームをしたって無意味だ。

「じゃあこういうのはどうですか？」

私の心の中を読んだかのように言うと、ハクは両手を打った。

「一週間ごとに話し合って、もし決まったらその時点で連れていく。ね、これならおねえさんも文句ないでしょ？」

「文句ってわけじゃないけど……」

でもそれなら早く決まれば早く死ねる。悪い話ではない、のかもしれない。

「……私はそれでいいよ。桐生くんは？」

「俺も大丈夫」

「じゃあ、決まりですね！」

ハクがそう言ったかと思うと、眩《まばゆ》い光が私たちを包み込んだ。

◇◆◇

光に目がくらみ、ようやく周りが見えるようになった頃には、景色が変わっていた。

電灯と月明かりに照らされた、滑り台やブランコ、それからベンチが見えた。

この場所に、見覚えがあった。ここは——。

「公園……？」

「だよな……」

思わず口走った私に、桐生くんもたしかめるように頷いていた。

そこは、私が流星群を見るために向かおうと思っていた公園だった。

でも、どうして。さっきまで、たしかに……。

「一週間後、おふたりに会えるのを楽しみにしてますね。ちなみに」

どこからか、クスクスと楽しそうなハクの笑い声が聞こえた。

「無理に死のうとしたらそのときは、死のうとしたことを後悔するぐらい、酷い目に遭わせてあげますから、覚悟しておいてくださいね」

慌てて辺りを見回すけれど、物騒なことを言うハクの姿を見つけることはできなかった。

「なに、これ……」

どうなってるの、と桐生くんに尋ねようとした。

でも桐生くんは私が声をかけるよりも早く背中を向けると、そのままスタスタと公園をあとにする。

ひとり残された私の頭上では、あざ笑うかのように流星が弧を描いて消えた。

誰もいない公園には、鳥の死骸ひとつ残されていなかった――。

第二章　十月四日〜十日

目が覚めて身体を起こそうとするけれど、なぜかすごく気怠《けだる》い。

私は起きるのをやめて、もう一度布団を被った。

今日は日曜日だし、もう少し眠っていても大丈夫なはずだ。

いつもより寝坊したとしても小言を言われる程度で、怒られはしないだろう。

妙に甘ったるい匂いに包まれながら、私はもう一度目を閉じた。

「それにしても、変な夢、だったなぁ」

夢の中でトラックに轢かれて、それでよくわからない真っ白な空間でクラスメイトの桐生くんと出会って――。

差し込む光が眩《まぶ》しくて顔を上げると、カーテンの隙間から青空が見える。

夢の中は夜で、りゅう座流星群の流れ星が流れていた。

たしかに昨日の夜は、りゅう座流星群がよく見える日で――。

妙にリアルでハッキリとした夢だった。

でも、あんなこと現実にありえるわけがない。

トラックに轢かれて、よくわからない少年に真っ白な空間で『死んだからここにいるんですよ』なんて言われて――。

「……っ、いったぁ」

光から逃げようと寝返りを打った拍子に、布団に腕が擦れ、腕に鋭い痛みが走った。

いったいなにが起きたのかと布団を捲《めく》る。

すると、そこには赤黒くざらついた擦り傷があった。これは、まさか。

「夢、じゃない？」

流星群を追いかけている途中、ころんで負った擦り傷。

これがあるということは、昨日見たあの夢の内容が、現実に起きたということになってしまう。

いやいや、そんなことあるわけない。

あれが現実であるはずがない。

きっと寝ている間にどこかにぶつけたか擦ってしまったのだろう。

もしくは覚えていないだけで、夜中に目が覚めてトイレにでも行って、そのときに転けたのかもしれない。

そう、きっとそうだ。

あれを現実だったと思うよりも、その方がずっと現実的だ。

だって、あんなの、ありえるわけがない。ありえない、けど。

「もしも本当に、死ねるのなら……」

思わず呟《つぶや》いてしまった言葉の持つ重みに、慌てて口を塞いで呑み込んだ。

心臓がドクドクと、うるさい。こんなこと誰かに聞かれたら大変なことになる。

冷静になろう。落ち着こう。

二度三度と深呼吸をして鼓動を落ち着かせると布団から出た。

勉強机の椅子に座ると、余っているノートを一冊取り出した。

そこに昨日ハクから聞いた話を書き出していく。

トラックに轢かれて死んだこと、私の死が予定外だったこと、それから、私か桐生くん、どちらかが死ぬこと。

三十一日は三週間後の土曜日。今日から約四週間後だった。

「理由かぁ」

その下に死にたい理由を書こうとして、手が止まった。

思い浮かばないわけではない。

ただ出てくるのが、

「生きていてもつまらないから」

「生きていても楽しくないから」

「生きていても面白くないから」

そんなどうでもいい言葉ばかり。

死にたい理由なんて、もしかしたら私にはないのかもしれない。

でも生きたい理由はもっと見つからない。

『生きている意味がわからない』

ノートにシャープペンを走らせる。

しっくりときたその言葉がきっと私にとっての真理なのだ。

——あの子が死んだと聞いたあの日からずっと考えながら生きてきた。

どうして死んだら駄目なのか、なぜ生きなきゃいけないのか。

その答えが私にはわからなかった。

積極的に死を望んでいるわけではない。

でも、どうしても生きたいという思いももてなかった。

ただ生に対して無関心なまま、死んでいないから生きているだけで……。

「……やーめた」

それ以上なにかを書くこともできず、私は持っていたシャープペンを放り投げ、ノートを閉じた。

次の土曜までまだ時間はある。

「お姉ちゃーん、パウンドケーキが焼けたよお」

一階から妹の私を呼ぶ声が聞こえてくる。

甘い匂いがすると思えば、パウンドケーキを焼いていたらしい。

「……すぐ行く」

呼びに来られるのも面倒で返事をすると、リビングへと向かった。

キッチンでは母親と妹が楽しそうにおやつの準備をしている。

その様子をソファーから楽しそうに見つめる父親。どこからどう見ても幸せな家族団らんの姿。

「あ、お姉ちゃん！　やっと下りてきた！　ねえねえ、見て見て！」

妹はお皿にのせたパウンドケーキを私に見せてくる。

生クリームとミントを添えたそれはとても美味《おい》しそうに見える。

「すごいね、ひとりで作ったの？」

「ほとんどひとりで作ったよ！」

自信満々に胸を張る妹の後ろで、優しそうに微笑む母親を見ればそれが誇張だとわかったけれど、深く追求することはしなかった。

「英茉は先に朝ご飯食べる？」

「ううん、せっかくだしパウンドケーキ食べるよ」

「そう。飲み物は紅茶にする？　それともコーヒー？」

「んー、紅茶にしようかな。あ、自分で淹《い》れるよ」

「じゃあお願いしようかしら」

用意しようとした母親を制止して、私はキッチンへと向かう。

母親は淹れ終わっていた珈琲をふたつと妹のオレンジジュースをのせたトレーを持ってリビングへと向かう。

私は棚から取り出した紅茶の缶から茶葉をティーポットに入れ、母親が沸かしていたお湯を注いだ。

なんの変哲もない、幸せな家庭。

愛されていると思うし、邪険にされたこともない。

なのにどうしてだろう。

ここにいると自分を異質なもののように感じてしまうのは。

両親や妹のように、心から笑えないのは。

まな板の上に残されたパウンドケーキの切れ端を口に放り込む。

美味しいであろうはずのそれは、甘ったるい味が口の中に広がるだけだった。

結局、土曜日のあれが現実なのか夢なのか答えが出ないまま月曜日を迎えた。

昨日の夜は上手く寝付けず、学校に向かって歩きながらも頭の中がどこかモヤモヤと霧がかかっているようだ。

眠気は教室に着いても覚めることはなかった。

「おはよ、今日なんか眠そうだね」

机に突っ伏していると、いつの間に来たのか、隣の席から穂波が話しかけてくる。

「昨日、寝るの遅かったの？」

「んー、まあそんなとこ」

顔だけ穂波の方を向き曖昧に笑う。

こういうとき、どんなふうに感じるのが正解なんだろう。

声をかけてくれて嬉しい？　気にしてもらえるなんてありがたい？

答えはわからない。

でも、信号無視を見つかったときのような後ろめたさや、咄嗟《とっさ》についてしまった嘘がバレたときのような気まずさを感じることが間違っているのだけは、わかる。

「一時間目、公共だから寝ちゃわないようにね」

「無理かも。あの声で教科書を読まれたら眠くて眠くて」

やけに眠くなる声をしている公共の教師の声が脳裏をよぎって、眠気が増しそうになるのを堪《こら》えるため身体を起こした。

「あ……」

その拍子に桐生くんの姿が目に入る。

教卓にもたれるように立ちながら楽しそうに笑う桐生くんは、一昨日の夜公園で見た姿とは正反対だった。

「いや、それはないでしょ」

「えー、桐生そんなこと言う!?」

楽しそうに話す声とともに見えたのは、屈託のない笑顔。

周りの人にもその表情が伝染していくのがわかった。

きっとみんな桐生くんのあの笑顔に惹《ひ》かれるのだ。

もっと笑顔が見たい、自分に向けられたい。

そう思わせるなにかが、桐生くんの笑みにはあった。

やっぱりあれは夢だったんだ。

あんなふうに笑っている人が自殺なんてするはずがない。

……でも、あのとき桐生くんは言っていた。『そうやって思ってもらえてたなら大成功かな』って。

あの言葉が本当だとするなら、今の笑顔は作られたもの？

夢に違いないと思っているはずなのに、心のどこかで〝もしかしたら〟を捨てられない。

つい視線が桐生くんを追ってしまっていた。

そのせいで、笑っていたはずの表情が一瞬曇ったのを私は見逃さなかった。

ほんの一瞬だった。

きっと凝視していなければ気づかないほどの変化。

でも、見てしまった。目から光が消えて、仄暗《ほのぐら》い表情を浮かべているのを。

見てはいけないものを見た気がした。

なのに、なぜだか視線が逸らせない。

あの目を、私は知っている。あれは——。

「……っ」

気づかれた。

桐生くんは一瞬私に視線を向け、氷のように冷たい視線を投げつけたあと、ふいっと目を逸らした。

その瞬間、あれは夢じゃなかったのだと確信した。

あの目は、あの日見た桐生くんの目だ。

「えーま?」

「え、あ、なに?」

穂波が怪訝そうに私の顔を覗き込む。

「なに、じゃないよ。桐生のことばーっかり見つめて。ああいうタイプ好きだっけ?」

「まさか。むしろ苦手だよ」

そう、苦手だ。

明るくて、悩みなんてなさそうで、他人に対してズケズケとものを言って、騒がしくて、がさつで……。

でも、桐生くんは死にたいと言った。

あんなに楽しそうに笑っているのに、心の奥では死にたいと思っている。

ううん、思っているだけじゃない。

実際に桐生くんは死んだんだ。自分で自分を殺したんだ。

いったいなにを思って桐生くんは自殺なんてしたんだろう。

笑顔の裏に、なにを隠しているんだろう。

「ねえ、穂波って桐生くんと仲良かったりする？」

「すると思う？」

「ごめん、しない」

桐生くんのことを知れれば、死にたいと言った理由がわかるかと思った。

でも、あまりにもグループが違いすぎて、教室の中で見たこと以上の情報を知ることさえできない。

でも、私ってなんて身勝手なんだろう。

一緒にいると息苦しさを感じるとか、居心地が悪いと思いながら、こんなふうに自分の好奇心のために友人という立場を利用しているなんて。

私の心の汚さになんて気づくことなく、穂波は笑顔というには口角が上がりすぎて、ニヤついているようにさえ見える顔をずいっと近づけてきた。

「なに、やっぱり桐生くんに興味あるの？」

「興味っていうか……。どうやって生きてきたら、あんなふうにキラキラ生きられるのかと思って」

「ふーん？　ずいぶん唐突だね」

穂波に言われ、グッと言葉に詰まる。

私とは正反対の人だと思っていた。

なんの悩みもなく、ただただ毎日が楽しく生きているのだろうと。

「……私もあんなふうに生きられたら幸せだったのになって」

でもそれは、私が桐生くんの表面的なところしか見ていなかったからかもしれない。

だって彼は――。

「英茉には、もう一回生まれたところからやり直しても無理な気がする」

「言いすぎじゃない？」

あまりにもストレートな言葉にムッとする。

その通りではあるのだけれど、だからといって言っていいことと悪いことがあるはずだ。

「ごめん、ごめん」

そんな私に穂波は悪びれることなく笑いながら謝ると、お詫《わ》びとばかりに、ひとりのクラスメイトを呼んだ。

「ねえねえ、希帆ちゃん。希帆ちゃんって一中《いっちゅう》だっけ？」

穂波の斜め後ろの席で本を読んでいた希帆ちゃんは、穂波に声をかけられて不思議そうに顔を上げた。

「うん、そうだよ。でもどうして？」

おいでおいでと穂波が手招きすると、希帆ちゃんは読みかけの本を置いてわざわざこっちに来てくれる。

手まで止めさせてしまって、なんだか申し訳なさでいっぱいだ。

「ご、ごめんね。たいした話じゃないんだけど……」

「一中ってことは桐生くんと同中だよね？　桐生くんってさ、中学時代どんな子だった？　やっぱり中学の頃から目立ってた？」

「桐生くん？」

私の言葉を遮って問いかける穂波に、希帆ちゃんは怪訝そうな表情を浮かべる。

当然の反応だろう。

突然呼ばれたと思ったら、唐突にクラスメイトの中学時代について聞かれるなんて。

いったいなんだこいつって思われても仕方ない。

「もしかして、英茉ちゃんって桐生くんのこと好きなの？」

「ちがっ、そういうんじゃなくて……」

本当にそういうのではない。

ただどうやって説明すればいいのか。

正直に本当のことなんてとてもじゃないけど言えないし。

口ごもってしまった私の代わりに、穂波が楽しそうに笑う。

「なんかね、英茉ってばどうやったら桐生くんみたいに明るくてキラキラした生き方ができるか知りたいんだって」

「なにそれ。つまり憧れてるってこと？」

「まあ、そんな感じ。ね、英茉」

全くそんな感じではないのだけれど、ここは穂波の言葉に乗っておくべきだ。

コクコクと頷いた私に「ふーん？」と、どこかまだ半信半疑な視線を希帆ちゃんは向ける。

これは疑われているなと直感的にわかる。

せっかく声をかけてくれた穂波には申し訳ないけれど、これはきっとなにも教えてくれなさそうだ。

「あ、でも、あの、話したくなければ別に」

「そういうわけじゃないよ。ただ……」

少し困ったような表情を浮かべながら、希帆ちゃんは考え込むように首を傾げた。

「桐生くんとは同じ中学校だったけど、接点があったわけじゃないからイマイチ覚えてないんだよね。お兄さんの方は有名だったから知ってるけど」

「お兄さん？　桐生くんの？」

お兄さんがいるなんて初耳だった。

どうやらそれは穂波も同じだったようで「お兄さんなんていたんだ」と呟いていた。

「そう。私たちが中一のときに中三だったんだけど、優等生で成績優秀、スポーツ万能。生徒会長もやってたから、一中で知らない人はいないと思うよ」

知らなかった。

いや、でも、いくら有名なお兄さんがいたとしても、同じ学年にいたはずの桐生くんを覚えていないなんてこと、ありえるのだろうか。

チラッと教室の前方に視線を向けると、相変わらずたくさんのクラスメイトたちが桐生くんの周りにはいた。

女子だけじゃなく、男子も桐生くんの気を引こうと、一生懸命話しかけている。

みんな桐生くんに振り向いてほしいのだ。

あんなにもキラキラしていて、クラスの中心人物だし。

他の学年はわからないけれど、少なくとも二年で桐生くんのことを知らないなんて人はいないはずだ。

「でもうちの高校にはいなかったよね、そんな人」

穂波は思い出すように言う。

たしかに、私たちが入学したときにそんな三年生がいれば噂になっていたはずだ。

それが桐生くんのお兄さんであればなおさら。

でもそんな私たちの疑問に、当たり前だよと言うように希帆ちゃんは答えた。

「うちの学校よりももっと偏差値の高い進学校に行ったんだよ」

「あー、それで」

私たちの通う天山《てんざん》高校は、偏差値で言えば大阪府内で数えたときに、だいたい中の上だ。

悪くはないけど飛び抜けていいわけではない。

そんなところに、異なる学年にも知れ渡るほどの優等生が来るわけがないのだ。

「じゃあ桐生くんは、優秀なお兄さんの陰に隠れてた感じなんだね」

「ちょっと、穂波！」

私は両手で穂波の口を押さえた。

あまりにもストレートな穂波の言葉に、誰かに聞こえてやしないかとヒヤッとして辺りを見回す。

けれど、誰も私たちの会話になんて興味を持っていないようで、こちらを気にしている人はいなかった。

「そうなのかもしれないね。高校に入って急に人気者になって、桐生先輩の弟なんていたんだって思ったから」

あの桐生くんがそんな認識をされていたなんて、どうにも信じられなかった。

それぐらい私の知っている桐生くんと希帆ちゃんの話す桐生くんには乖離《かいり》があった。

優秀な兄と比べられ続けて劣等感を抱えていたのだろうか。

でも、桐生くんも成績はよかったはずだ。

全国模試で上位を取ったこともあったはず。

なんでうちの高校に来たんだよ、なんて他のクラスメイトがいじっているのを見たこともあった。

それなら、どうして。

私の知らない桐生くんの話を聞けたはずなのに、どうしてか聞く前よりも桐生くんのことがわからなくなった気がした。

結局、桐生くんのことがなにもわからないまま時間だけが過ぎ、あっという間に約束の土曜日がやってきた。

約束、といってもなにをどうしていいかわからず、とりあえず一週間前と同じ時間に公園へと行くことにした。

黙って家を出ようとした私に、母親が「こんな時間にどこに行くの？」と聞いてきたので「コンビニにシャープペンの芯を買いに行ってくる」と嘘をついた。

心配そうにしていたけれど、まだ夜の九時だ。もう少し放っておいてくれてもいいのにと思ってしまう。

街灯と月明かりを頼りに、薄暗い道を歩く。

日中はまだ夏の名残のような暑さが残っていたけれど、この時間になると涼しいを通り越して少しだけ肌寒い。

一週間前に比べて、ずいぶんと秋めいてきたように感じる。

けれど、喉の奥に入ってくる冷たい空気が心地よくて、騒がしい昼間よりも息がしやすい気がした。

公園に向かったものの、結局誰も来なくて、

「なーんだ、やっぱりただの夢だったんだ」

となる可能性もあると思っていた。

そうなったら家に帰ろう。

途中のコンビニでシャープペンの芯ではなくて、温《あたた》かいミルクティーを買ってもいいな。

……なんて想像は、公園に辿り着いた瞬間打ち砕かれた。

「桐生くん……」

昼間の明るさと子どもの笑い声に包まれた日だまりのような空気とは違い、静寂と暗闇に覆われた夜の公園に、桐生くんの姿があった。

ベンチに座っていた桐生くんは、私に気づくと顔を上げた。

「ああ、来たんだ」

ボソッと言う桐生くんからは、学校での明るい姿を想像できない。

そんな桐生くんとは対照的に、隣に座っているハクはニコニコしながら手を振っていた。

「あっ、おねえさん！　やっと来た！　待ちくたびれちゃいましたよ」

「そんなこと言われても、何時に待ち合わせとも言われてなかったし」

つい言い訳がましくなってしまう。

待ったと言われたのだから謝るべきなのかもしれないけれど、どうにも腑《ふ》に落ちなかった。

待ち合わせというのであれば、もっときちんと時間と場所を指定するべきではないのかと思ってしまう。

けれど、私の言葉にハクはどこか不満そうに唇を尖《とが》らせる。

「えー、それって言い訳……」

「まあそうだよな」

そんなハクの言葉を、桐生くんは遮った。

「だいたい時間どころか、どこに集合するかもわからなかったし」

「そうだよね？　解放されたときにいたのがこの公園だったからとりあえずここに来たけど、それすらも不安だったもん」

桐生くんが味方になってくれたことに安心して、私もついつい一緒になってハクに文句を言ってしまう。

「うぅ……」

劣勢になってしまったハクは悲しげな表情を浮かべたあと、素直に頭を下げた。

「ごめんなさい」

外見は小学生ぐらいの、それこそ妹と変わらないぐらいの男の子に頭を下げさせてしまったことに罪悪感を覚えた。

「あ、ううん。私の方こそごめんね。言い過《す》ぎちゃった」

しょんぼりとしているハクに謝る。

私の言葉におずおずと顔を上げたハクは——満面の笑みを浮かべていた。

「え？」

「あーあ、騙《だま》されてやんの」

「騙されてって、えええ？」

先ほどまでのしおらしさはどこへやら。

ぴょんっとベンチから飛び降りたハクは、街灯の薄暗い光でもわかるぐらいに晴れ晴れとした笑みを浮かべていた。

「ってことで、おねえさんが謝ってくれたところで、さっそく先週の続きをしましょうか」

どうやら、してやられたらしい。

ガックリと肩を落とす私の隣に並んだ桐生くんは「バーカ」と小声で囁《ささや》く。

「うるさい。っていうか、学校とキャラ違いすぎじゃない？　そっちが本性なの？」

「さあね」

素っ気なく言われて余計に腹立たしく思う。

クラスじゃキラキラしてて誰にでも優しい人かと思いきや、本当は口も悪いし態度も悪いなんて詐欺みたい。

私たちがヒソヒソと会話をしている間にも、ハクの説明は続いていた。

「ってことだから、まずはお兄さん――琉生から聞かせてもらおうかな。どうしても死にたい理由ってやつを」

人の死にたい理由を、こんなにも楽しそうに聞く人がいるだろうか。

ゾッとするほど良い笑顔でハクは桐生くんに問いかけていた。

外見だけ見ると、公園で遊んでいるような普通の子どもと変わりないのに、口を開くと私たちとは違う異質な存在なのだと思い知らされる。

「……俺は」

ハクについて考えている間に、桐生くんがポツリと口を開いた。

「俺にはふたつ年上の兄がいるんだけど」

それは希帆ちゃんから聞いたお兄さんの話だった。

やっぱりお兄さんへの劣等感なのだろうか。

そう安易に思ったことを、すぐに後悔することとなる。

「自分の部屋に引きこもっていて、出てきたと思ったら家の中で暴れて、物を投げて、しまいには俺に殴りかかってきたりして」

「え……」

思わず声を漏らしてしまった私を一瞥《いちべつ》すると、桐生くんは話を続けた。

「そんな兄貴に手を焼いて、両親は家に寄りつかなくなったんだ。最後に顔を見たのがいつかも思い出せないほど。俺を残して、全部押しつけて、逃げ出したんだ」

「酷い……」

子どもの世話をするはずの親が子どもから逃げ出すことも、全てを桐生くんに押しつけてしまえることも、全部が酷すぎて吐き気がした。

思わず零《こぼ》してしまった言葉に、桐生くんは静かに微笑んだ。

「さっき、学校とキャラが違いすぎるって三上に言われたけど、あれは俺がなりたかった姿。みんなから好かれて人気者で勉強もスポーツもできて……。ずっと憧れていた兄貴の姿だった」

その言葉に、胸の奥がギュッと締め付けられるように苦しくなる。

だって、桐生くんの言う憧れていたその人は、希帆ちゃんから聞いた中学時代の桐生くんのお兄さんそのものだったから。

「でも、みんなから頼られて、好かれて、毎日楽しそうに笑って。そうやって生きていくうちに、本当の俺がなんなのかわからなくなった。兄貴が自分を見失って変わってしまったように、俺も自分がわからなくなった」

言葉を途切れさせた桐生くんの瞳には、悲しみの色が宿っていた。

「……このままだと、兄貴みたいになってしまうんじゃないかって怖くなった」

目を閉じて、乾いた笑みを浮かべながら、桐生くんは淡々と話し続ける。

「こんなのただの兄貴の劣化コピーでしかない。俺がここにいる意味ってなんなんだって、俺の存在価値ってなんなんだろうって。みんなが見ているのは、兄貴みたいにみんなから好かれるようにって演じている俺で、じゃあ本当の俺を認めてくれる人っていないいんじゃないかって思ってさ」

そこまで言うと、桐生くんは静かに目を開けた。その瞳は星のない空のように真っ暗で、全ての希望を失っているように見えた。

「そうしたら、無性に死にたくなった。死ねばそこにはどんな形であれ、俺がいるんじゃないかって思えたから」

感情を押し殺したような口調で胸の内を吐露する桐生くんだったけれど、その表情は苦しそうで、つらそうだった。

きっと本当ならただのクラスメイトでしかない私になんてこんな思いを聞かれたくなかったに違いないだろう。

それでも吐き出す桐生くんの気持ちを考えると、私にはなにも言えなかった。

「そっかぁ、それはつらかったですね」

話し終えた桐生くんに、明るく言うハクの言葉だけがこの場の空気から浮いていた。

「そんなことがあれば死にたくなっても不思議じゃないですよね」

ね、と相槌《あいづち》を求められてもなんて返していいかわからない。

そうだよね、と言うのも変な話だし、だからといって死を選ぶのは間違っているなんて言う権利は私にはない。

結局なんて答えていいかわからず「そうかもしれないね」というフワッとした言葉しか出てこなかった。

「それで？　英茉はどうして死にたいの？」

桐生くんのこともそうだけど、ハクは私に対しても呼び方を変えた。

「ねえ、その前に。どうして私のことを英茉って呼ぶの？」

「ん？　英茉さんじゃなかったですか？」

「英茉だけど。この前はおねえさんって言ってたでしょ？　なのに急に呼び捨てにするから、なんか気持ち悪くて」

「ああ、戸惑わせてしまいましたか？　すみません」

へへっと照れくさそうにハクは笑う。

今の話のどこに照れる要素があったのかわからない。

やっぱりハクは、どこか私たちとは違う感覚で生きているような気がする。

……そもそも、生きているという表現が正しいのかさえ定かではないけれど。

「これは僕のポリシーの話になるので理解してもらえるかわからないんですけど」

もったいぶるように、ハクはつま先をトントンと鳴らす。

「前回お会いしたときはおふたりともまだ僕にとっては不確定要素の多い存在だったんです」

「不確定要素？」

この時点で正直、理解はできていない。

桐生くんの方を見ると、眉間に皺を寄せていた。

多分あれは『なに言ってるんだ、こいつ』って思ってそうだ。

「だいたい、ひとりしか死なないはずの街でふたりも死人が出ちゃうなんてこと、普通ありませんからね」

迷惑そうにハクは頬を膨らませた。

その反応は可愛いのに、言っている内容は全く可愛らしくなくて、どちらかというと物騒で仕方がなかった。

「おふたりにはああやってどちらかの魂を持っていくって話しながらも、戻って確認しなくちゃいけないな。面倒くさいなー、なんて思ってたんですよ。もしかしたら、イレギュラーが起きたせいで、そもそも僕が回収するという大前提さえも変わってしまっているかもしれないですし」

「それと名前の呼び方が変わることに、どんな関係があるの？」

長くなりそうな話に口を挟むと、特に気を悪くした様子はなく、ケロッとした顔でハクは答えた。

「確認した結果、やっぱりこの街であの日死ぬはずだったのはひとりで間違いなくて。でも今はおふたりともの名前が書かれている。ただどちらにも『?』がついているような状態なんです」

つらつらと、ハクは話し続ける。

私たちが理解してるかどうかは、興味ないようだった。

「とはいえ、ひとりは確実に僕が魂を持っていく。これは間違いのないことです。僕ね、魂を取る存在も取られる存在もその立ち位置は対等だと思っていて、怖がらせすぎてもいけないし慣れ合いすぎてもいけないと考えてるんです。だから、名前で呼ぶ。僕のことも名前で呼んでもらう。ほら、対等でしょ?」

一方的な説明を終えたハクは、満足そうに微笑んでいるけれど、気になるリードがあり過《す》ぎて、私は頭が痛くなりそうだった。

わからないことだらけで、首を傾げすぎてもげてしまいそうなぐらいだ。

えっと、つまり、どういうこと……?

「よくわからないけど」

混乱している私の隣で、桐生くんは言う。

「本来は俺が死ぬはずだったけれど、三上がイレギュラーで死んだ。当初、三上の死はイレギュラーだったが、今はどちらが死ぬかは決まっていない。どちらにも死ねる可能性はある。そういう話であってるな？」

「はい、あってますよ」

琉生くんが綺麗《きれい》にまとめてくれたおかげで、なんとなく今がどういう状況なのか整理できた。

いったい誰に私たちのことを聞きに行ったのか、とか名前の後ろに『？』がついているとはどんな状況なのか、とかわからないことはまだ山ほどあるけれど。

対等でいたいから名前で呼ぶ、というのもわかるようなわからないような感じだ。けれど、それも否定するほどのことではない。

「わかった」

支配したり、へりくだったりするのではなく、対等な関係で、というのもわかる。

頷いた私に、ハクは「それじゃあ！」と笑顔を向けた。

「今度は英茉の番だよ。英茉の死にたい理由を僕に教えてくれるかな」

促されて言葉に詰まる。

でも言わないわけにはいかない。

取り繕ったような言葉と理由はきっとふたりには見透かされてしまう。

それなら――。

小さく息を吸い込むと、私は口を開いた。

「私は、死にたいわけじゃない。ただ生きていたくないだけ、なんだ」

なにを言ってるんだと馬鹿にされるかもしれない。嘲笑を受けるかもしれない。

でも、それでもこれは私の本音だ。

「ふっ」

息を漏らすような、笑い声がこぼれたかのような声が聞こえた。

すぐそばに立つ、桐生くんのものだった。

「……っ、こんな理由でって思ってるんでしょ？　悪かったね、桐生くんみたいにちゃんとした理由があるわけじゃなくて！」

しょうがない。

こんな理由で死を選ぼうなんて、馬鹿げているって私自身も理解している。

だから、しょうがないんだ。そう思おうとしていた。なのに。

「別にいいんじゃない？　わかる気がするし」

「え？」

その言葉に驚いて桐生くんを見る。

その瞳が真剣で、適当なことを言っているわけではないことがわかった。

「死にたいって明確な理由があるわけじゃない。でも生きたくない。生きていたくないってことでしょ」

「う、うん」

「ならそれは立派な三上の死にたい理由だよ」

「そう、かな」

「そうだよ」

真っ直ぐに伝えた言葉を、しっかりと受け止めてくれた。

わかってくれたことが、理解してくれたことが嬉しくて、どうしてか心の中の重さが少しだけ軽くなったような、そんな気がした。

「んー、じゃあどちらも生き返りたくないってことでいいのかな？」

ハクの問いかけに、私と桐生くんは静かに頷いた。

「自分よりも相手の方が死ぬのにふさわしい、そう思ったりもしなかった？」

ふたりに問いかけているはずなのに、真っ直ぐ私を見つめるその視線は、お前に言っているんだぞと語っているようだった。

「それ、は」

「思わない」

言葉に詰まった私の代わりに、桐生くんはきっぱりとハクの言葉を否定した。

「俺には俺の、三上には三上の理由がある。それをどちらが上とか下とか決める必要はないだろ」

「ふーん？　でもそれじゃあ、どちらが死ぬか決まりませんね」

「それは……！」

返す言葉が見つからないのか、黙ってしまった桐生君をしばらく見つめたあと、ハクは「ふふっ」と小さく笑った。

「まあ、それじゃあ今回は決着がつかなかったってことで、次回に持ち越しってことにしちゃおっか」

次回、という言葉が引っかかって私はハクに尋ねる。

「どうして死にたい方を決めなきゃいけないの？」

「ゲームの提案に乗ったのは君たちでしょう？」

「だからってどうしてプレゼン？　どっちの魂を回収するのでもいいのなら、ハクが一方的に決めて連れていくことだってできるはずでしょ？」

ゲームの内容を、わざわざ時間と手間のかかるものにする理由が知りたかった。

私の言葉に、ハクは口角をギュッと上げ、ニヤリと薄気味悪い笑みを浮かべた。

「そんなの、死にたくない人の魂なんて持っていってもつまらないですから」

「つまらない……？」

「ええ。それより死にたくて死にたくてたまらない人の魂を取る方がずっといい。そう思いませんか？」

「思いませんかって、言われても……」

恐ろしいことを言うハクに、なんと答えていいかわからない。

けれど、私の返事など気にすることなく、ハクは言葉を続ける。

「それにね、本当に死にたいかどうかは、案外自分自身が一番わかっていないものなんですよ」

意味深に笑うハクの言葉に、私がグッと言葉に詰まった。

ハクの言うことは正しい。

どちらかを選ぶのであれば、死にたいかどうかわからない人の魂を持っていくよりも、死にたいと本気で思っている人の魂を連れていく方が倫理的にも正しいのかもしれない。

でも、どうしてだろう。

笑っているはずなのに、どこか寒気さえするハクの笑顔を見ていると、その言葉を真正面から受け取ってはいけない気がする。

言いたいことを言い終えると、ハクは「では、また来週」と言って跡形もなく姿を消した。

本当に人間じゃない存在なのだと思い知らされる。

まあそもそも普通の人間の子どもは、あんな物騒なことは言わないのだけれど。

ふと時計を見ると、十時前だった。

さすがに帰らないと親になにか言われそうだ。

前回はさっさと置いていかれたことを思い出して、先手必勝とばかりに私は口を開いた。

「私——」

けれど、私がそろそろ帰るね、と続けようとするより早く、桐生くんは言った。

「じゃあ、帰ろうか」

「え？」

「えってなに。帰らないの？」

「や、帰るけど……」

まさか声をかけてくるなんて思っていなくて、少し戸惑ってしまう。

「英茉の——あ、ごめん。ハクがそう呼んでたから間違えた」

ガシガシと頭を掻きながら恥ずかしそうに言う桐生くんは、教室で見る姿よりもどこか自然体に見える。

桐生くんの言うとおり、学校の桐生くんが作られた存在なら、今目の前にいる桐生くんが本物だということなのだろうか。

「つられちゃうよね。じゃあ私も琉生くんって呼ぼうかな」

「え……」

桐生くんは私の言葉に、驚きとも戸惑いとも言い表せないような表情を浮かべていた。

そんなに変なことを言ったつもりはない。

英茉と桐生くんが呼ぶなら、私はハクにならって琉生くんと呼ぼうと思っただけだ。

なのに、どうしてそんな顔をするのかわからなかった。

「あ、ごめん。嫌なら今まで通り桐生くんって……」

「いや、いい。うん、琉生って呼んで。ただ、その、学校では苗字《みょうじ》のままでお願いしてもいいかな」

この関係を学校では知られたくないということなのだろう。

まあたしかに、と納得する。

どうして名前で呼び合うようになったのかと聞かれても答えられない。

まさかどちらが死ぬか話し合いをしているところです、なんて言えるわけがない。

「わかった。じゃあ今だけ、ね」

「うん、ハクが関わるこの時間だけ」

そうは言ったものの、改まってしまえばどこか気恥ずかしさが勝《まさ》って、名前を呼ぶのが難しい。

気まずい沈黙に包まれたあと、どちらともなく苦笑いを向け合った。

「帰ろうか」

「うん、帰ろっか」

歩き始めた私の隣に琉生くんは並ぶ。

「英茉はどの辺に住んでるの？」

「三日月町《みかづきちょう》の辺りだよ」

「あの辺かー。あ、じゃあタカラブネって店、知ってる？」

「もちろん。うちの辺りの子はみんなあそこにお菓子を買いに行ってたよ」

「いいなー、俺の家からは微妙に遠くてさ」

懐かしいお店の話をしながら、私の家の方向に向かって歩いていく。

あと五分ぐらい歩けば着くのだけれど、琉生くんの家もこちらの方向なのだろうか。

いや、でも中学は違うから校区は別のはずだ。

そう思うのに、琉生くんはどこまでもついてくる。

躊躇《ためら》いながらも、どこまで同じルートなのか確認しようと私は足を止めた。

「あ、あの」

「ん？　もう着いた？」

「もうちょっとだけど……」

「そう。じゃあ、もう遅いし早く帰ろう」

急ぐように促され、再び歩き出す。

結局、琉生くんは私の家の前までついてきた。

「あの、私の家、ここだから」

明かりのついた自宅の前で立ち止まると、琉生くんは頷いた。

「あっそう。じゃあ、またな」

そう言ったかと思うと、琉生くんは来た道を引き返していく。

その後ろ姿を見ながら、希帆ちゃんが琉生くんが一中出身だと言っていたことを思い出した。

「うちと正反対じゃん……」

一中は公園を挟んで反対側にあって、間違っても私の家の方角ではない。

ぐるっと回れば帰れない、こともない、だろうけど。

でも真っ直ぐ帰るのに比べると余計な時間がかかるはずだ。

「もしかして、送ってくれた？」

桐生くんがそういうことをするのに違和感はない。

学校で会う桐生くんは、優しくて人当たりもいい。

でも、今私と一緒にいたのは琉生くんだ。

琉生くんは、『桐生くん』はなりたかった自分で、本当の自分ではないと言っていた。

たしかに公園で会う琉生くんは口も悪いし、桐生くんに比べていじわるだ。

なのに、こんなふうに送ってくれるなんて戸惑ってしまう。

だって琉生くんとして会っている私に桐生くんのように接する必要はないわけで。

なら、それなら。

「なんだ、琉生くんも優しい人じゃん」

もう見えなくなった琉生くんの背中に呟くと、私は家に入る。

琉生くんが桐生くんという仮面を被るように、私も幸せな家族の一員を、演じるために。

第三章　十月十一日〜十七日

死ぬための二週間目がはじまった。

最初の一週間で感じたのは、思った以上に私はこの勝負において一応ライバル、である琉生くんのことを知らないということだった。

友人に聞けば『桐生くん』のことはわかる。

でもそれはどこか表面的で、私が知らなければいけない『琉生くん』のこととは違っている気がした。

その状態で、どうやったら私の方が死にたいのだと琉生くんに認めさせることができるのか、いくら考えても答えは見つからない。

取り留めのない言葉をノートに書いていっても、相変わらず私の死にたい理由は『生きている理由がわからない』以外に出てこない。

それに対して琉生くんは、きちんとした理由を持っていた。

お兄さんのことも、学校と本当の自分とのギャップに悩んでいることも。

琉生くんは生きている理由がわからないという私の思いを『立派な三上の死にたい理由だ』と言ってくれた。

でもハクの言うとおり、私の死にたいという思いより、琉生くんの思いの方が強いと思ってしまう。

どうすれば私の思いが上回っていると証明できるのか。

「それでね、腹が立ったから私暖房を入れてやったの！」

突然、穂波の声が耳に飛び込んで来て、私は我に返った。

辺りを見渡せばそこは二年三組の教室で、隣の席に座る穂波が鼻息荒く話をしている途中だった。

「暖房って、なにそれヤバイ」

「だってどう考えても暑いのに、わざとらしく毛布なんて被っちゃって『さむ～い』って言うからムカついちゃって！」

話を聞いている途中で、気づけば昨日のことを考えてしまっていたのか、話半分になった穂波の話を必死に思い出す。

たしか弟とケンカをしたという話だったはずだ。

中学一年生になる穂波の弟はどうやら反抗期のようで、穂波とは些細《ささい》なことでよくケンカをしていた。

先日の一件以来、声をかけてくれるようになった希帆ちゃんの相槌に乗っかるようにして私も話に混ざる。

「寒いなら暖房をかけてあげたら喜んじゃうんじゃない？」

素直に疑問に思ったことを尋ねると、一本だけ立てた人さし指を左右に振りながら穂波は笑う。

「喜ばすようなことをするわけないでしょ。これは『北風と太陽』作戦なの」

「『北風と太陽』ってあのイソップ寓話《ぐうわ》の？」

昔読んだ絵本の、口を尖らせた雲が旅人に冷たい北風を吹きかけるシーンを思い出しながら尋ねると、穂波はうんうんと頷いた。

「そうそう、それ。寒いというならうんと暑くしてやれば、寒いって言えなくなるだろうって思ったの」

「たしかに」

いくら寒いと言っても限度がある。

本来暑いはずの部屋の温度をさらに高くしてしまえば、それ以上寒いと言えないはずだと穂波は考えたようだった。

理論はよくわからないけど、言いたいことはわかる気がした。

「それでどうなったの？」

おかしそうに尋ねる希帆ちゃんに、穂波はピースサインを向けた。

「バッチリ！　もう寒くないからやめてって言わせたから私の勝ち！」

「よっぽど暑かったんだろうね」

弟の意見に負けたように思わせて、弟の方から寒くないと言わせる手法はたいしたものだ。

「……北風と太陽」

穂波の話で、なにかを思いついた気がした。

そのまま授業がはじまり、現国の授業を聞きながら私は考える。

きっと私の死にたい理由が琉生くんに勝てることはない。

なら、琉生くんの死にたい理由を小さくすればいいんじゃないか。

なんなら死にたいとさえ思わなくしてしまえば――。

ううん、むしろ死にたくない理由を作ってしまえばいいのかもしれない。

最終的に死にたいのが私だけであれば、ハクも私の魂を連れていかざるを得なくなるはずだ。

このゲームが終わるまで、まだ三週間近くもある。

それだけあればきっと琉生くんの死にたくない理由を作ることだってできるかもしれない。

明確な理由にならなくても、少しでも心残りを作れさえすればこっちのもんだ。

「うん、私も北風と太陽でいこう」

思わず漏れた言葉は、現国の授業の終わりを知らせるチャイムの音と重なった。

隣の席で教科書を片付けていた穂波の耳に私の言葉が届いてしまったようで、少し驚いたような顔をこちらに向けた。

を向けた。

「あ、えっと……」

聞こえてしまっていたことに、どう取り繕おうかと焦っていると、穂波は私に笑顔を向けた。

「んー、よくわかんないけど、上手くいくように祈っとくね！」

よくわからないと言いながらも、応援してくれる穂波は良い子だと思う。

穂波だけじゃない。

嫌な顔ひとつせず、いつも話を聞いてくれる希帆ちゃんも良い子だ。

やがて穂波は、休み時間になったからと再び私たちの席の方にやってきた希帆ちゃんとふたり、昨日見たドラマの話題で盛り上がり始めた。

特に会話に入ることなく、私はふたりの姿を見つめる。

良い友達を持ったと思う。

なのにどうしてだろう。

こうやって話をしていても、心の中で距離を取ってしまうのは。

目の前で話しているはずなのに、ふたりがどこか遠いところにいるような。

ガラス一枚隔てた場所にいるような、そんな気持ちになってしまうのは、なぜなんだろう。

本当は、こんなひねくれた想いじゃなくって、ただ純粋に、ふたりを好きな想いだけ持っていたいのに。

そうすれば、生きていたくないなんて、きっと思わずに済んだのに。


周りの子たちに話を聞いて回るにも限界があった。

あまり聞けば琉生くんの耳に入ってしまいそうだったし、琉生くんじゃなくてその周りにいる女子たちに聞かれたらもっと面倒くさいことになってしまう。

どうしたらいいだろうと考えた結果、とりあえず琉生くんのことを知るためにあとをつけてみようと思った。

幸い、私も琉生くんも帰宅部だ。

放課後、友達と遊びに行くこともあるかもしれないけれど、そのときは明日に変更すればいい。

今週はまだはじまったばかりなんだから。

帰りのホームルームが終わると、琉生くんは友達となにかを喋《しゃべ》っていたけれど、すぐに切り上げて教室を出ていった。

どうやら今日は遊びに行くことはないようで、好都合だった。

私もこっそりと教室を出ると、さっそく琉生くんのあとをついていった。

学校を出て公園までの道のりは私と同じ。

真正面に公園が見えたかと思うと、琉生くんは左へと曲がった。

ちなみに私の家は右に曲がるから、やっぱりこの間の夜はわざと遠回りをして送ってくれたということになる。

隣の校区とはいえ、こちらの地域にはあまり来たことがない。

というのも、こっち側はいわゆる高級住宅街が連なる地域で、用もないのに近寄らないようにと子どもの頃から言われていた。

だから今も、琉生くんの少し後ろを歩きながらなんとなく落ち着かなくて辺りをキョロキョロと見回してしまう。

高級住宅街というだけあって、たしかに私の家よりもずっと大きな家ばかりが並んでいて――。

「なにやってんの」

「ひゃっ！」

周りばかりを見てしまって、琉生くんへの注意が散漫になっていたのかもしれない。

気づけば目の前には、呆《あき》れ顔の琉生くんが私を見下ろすようにして立っていた。

「や、やっほ。偶然だね」

「偶然、ねえ」

冷たい視線を向ける琉生くんは、全てお見通しとばかりにため息をついた。

「どこまでついてくるのかと思ったら。なに、ストーカーなの？」

「ス、ストーカーって失礼な！　たまたま！　偶然！　歩いてたら目の前にクラスメイトがいたってだけでしょ」

偶然でどうにか押し通したい私は、胸を張って偶然を強調する。でも。

「教室を出たあとからずっとあとをつけてきてるやつのなにが偶然だって？」

「気づいてたの……？」

「バレバレだった」

まさかの教室を出た直後から気づかれていたと知って私はガックリとうなだれた。

「で、なんでついてきたの？」

近くの電柱にもたれかかると、琉生くんは私に問いかける。もうこうなってしまえば、正直に言うしかない。

「琉生くんのことが知りたかったから」

「俺のこと、を？」

琉生くんは驚いたように目を見開き、それから慌てて学校で見せる桐生くんの笑みを浮かべた。

「あ、ああ。わかった。弱みを握ってやろうとかそういうことでしょ？」

鼻で笑う琉生くんは、私を軽蔑しているようにも見えた。

「俺のことを脅して死ぬのを取り下げようったってそうは――」

「そんなことするわけないじゃん」

「え……」

琉生くんの言葉を私はきっぱりと否定する。

琉生くんのことを脅すなんて考えてもみなかった。

そりゃあ琉生くんが生きたいと思うなにかを見つけたくてあとをつけたから大差はないのかもしれない。

でも琉生くんは『ただ生きていたくないだけ』という私の死にたい理由を肯定してくれた。

そんな琉生くんの死にたい気持ち自体を否定するなんてこと、私にはできなかった。

「……そっか」

口ごもりながら頭を掻くと、琉生くんは足元の小石を軽く蹴った。

「で、なにが知りたいの？」

「え？」

「だから、俺のことが知りたいって、どんなことが知りたいの？」

「答えてくれるの？」

「質問によるけど、まあ、話せることなら別に」

俯《うつむ》いているせいで、どんな表情をしているのか私の位置から見ることはできないけれど、なんとなく照れくさそうな、そんな声色にちょっとだけ笑ってしまった。

「なに笑ってんの」

「え、なんか可愛くて」

「は？　なに言ってんの。意味、わかんないし。そんなくだらないこと言うならもう帰るよ」

「あ、待ってよ。質問！　質問するから！」

慌ててブレザーを引っ張って引き留める。

けれど、今度は私が口ごもってしまう番だった。

質問なんて考えていない。

ついていけばなにか知れるかもって思って、勢いでついてきてしまっただけだ。

でも、今ここで質問しないと、きっと琉生くんは帰ってしまう。

そりゃ、本当に聞きたいことは『どうやったら生きたいと思うか』だけど、そんなこと聞いたところで答えてくれるはずがない。

ああでもない、こうでもないと考えた挙げ句、私はどうにか絞り出した質問を投げかけた。

「好きな、食べ物は？」

「待って、本気で言ってる？」

心底呆れたような視線を私に向ける。

いや、私だってなにを聞いてるんだって思う。

でも、咄嗟に出てきたのがこれだったんだから仕方ない。

「ほ、本気だよ！　で、なにが好きなの？　お寿司？　カレー？　焼き肉？」

男子の好きそうなものを、片っ端から並べてみる。

けれど、どれも琉生くんと結びつかなくて、言いながらおかしくなってくる。

そしてそれは琉生くんも同様だったようで声を殺して笑っているのが見えた。

「なに笑ってるの」

「英茉だって笑ってるじゃん」

「だって、なんかおかしくなっちゃって」

「わかる。なんだよ、好きな食べ物って。小学校の学級新聞じゃないんだから」

たとえに出された学級新聞がツボに入って、私も、そして言った琉生くんもしばらく呼吸困難になるぐらい笑った。

「あー、おもしろっ。英茉ってこんなキャラだったんだな」

目尻に滲《にじ》んだ涙を指先で拭いながら琉生くんは言う。

でも、それは私のセリフだ。こんなふうに無邪気に笑う琉生くんの姿を初めて見た気がする。

「そっちだって、学校と笑い方全然違うじゃん。それが素の琉生くんでしょ？」

「……まあ、な」

こんなふうに笑う琉生くんを、学校の子たちは知らない。

それには少しの優越感と、それからもの悲しさを感じる。

みんなの前でもこうやって笑えるようになれば、もしかしたら琉生くんは生きたいと思うようになるのかもしれない。

そのために、私にできることはなんだろう。

「でも、そうだな。好きな食べ物か」

ひとしきり笑うと、琉生くんは少し考えるような表情を浮かべたあと、小さな声で言った。

「ハンバーグ、かな」

「へえ、なんか可愛いね」

「うるさい」

ジロリと私を見たあと、なにかを思い出すように目を閉じる。

「昔、家族で食べに行ったすっごく大きいハンバーグの店があって。それがめちゃくちゃ美味しくてさ。また食べたいなって思ってたんだけど……まあ、もう難しいな」

悲しそうな表情の理由は、もうすぐ死ぬから、だけではない気がした。

それ以上追及はできなくて、別の質問を投げかけてみる。

好きなスポーツとか、どんな音楽を聴くのか、とか。

当たり障りのない他愛のないものばかりだけど、どの質問にも琉生くんはぶっきらぼうに答えてくれた。

いつまでも立ち止まっていても仕方がないので歩きながら話していると、左手に中学校が見えた。

琉生くんの通っていた一中だった。

「……中学のときって部活ってやってた？」

今の琉生くんが帰宅部なのは知っていたけれど、中学もそうだったとは限らない。運動神経のいい琉生くんが、なんの部活にも入っていなくてずっと帰宅部というのは少しだけ違和感があった。

「……っ」

質問に答えようとした琉生くんが、言葉に詰まったのがわかった。

答えたくない質問だったのだろうか。

やっぱり今のナシで。そう言うべきか悩んでいると、琉生くんはポツリと答えた。

「バスケ部」

運動場に視線を向けながら琉生くんは言う。

たしかに身長の高い琉生くんにバスケはピッタリだと思った。

「上手だったの？」

言ってから、変な質問の仕方をしてしまったことに気づいたけれど、あとの祭りだ。

「上手って」

クスクスと琉生くんは笑っていて、馬鹿にされたのがわかった。

「だって、気になるでしょ。どんな腕前だったのか」

「だから、言葉のチョイスがさぁ。普通ポジションを聞くとかさ、なんかあるんじゃない の？」

「たしかに」

スポーツはテレビでやっているのを見るぐらいで、そこまで興味があるわけじゃなかった。

琉生くんの言葉の端々に、それを見透かされた気がして少し恥ずかしかった。

「まあ、上手だったかどうかはわかんないけど、好きだったよ」

過去形で言う琉生くんに違和感を覚える。

「今は好きじゃないってこと？」

「結構突っ込んで聞いてくるね」

苦笑いを浮かべ、それから小さく笑った。

「今は、わからない」

嫌い、じゃなくてわからないと答える琉生くんは、笑っているはずなのに泣いているように見えた。

わからないと言ってしまうなにかがあったのかもしれない。

でも、それがなんなのか聞ける関係じゃないことぐらい、私にもわかる。

普通なら、普段ならこれ以上踏み込まず、引くはずだ。

でも――。

「それってお兄さんのことと、なにか関係あるの？」

私には、私と琉生くんには時間がない。

躊躇《ためら》っている間にも、運命を決めるその日は刻一刻と迫っている。

私の問いかけに、琉生くんは肩をすくめて笑った。

「普通そんなこと聞く？」

「それは、そうなんだけど」

「まあいいや。うん、英茉の言うとおり兄貴が関係してる。というか、ただただ俺が空っぽだっただけなんだ」

「空っぽ？」

繰り返す私に、琉生くんは頷く。

「ああ。……兄貴が優秀だったって話は前にしたよね」

頷く私に、琉生くんは話を続ける。

「そう。中学までの兄貴は本当にすごくて、成績も学校で一番、スポーツもなんだって上手くて、その中でもバスケは飛び抜けてすごくて。そんな兄貴に憧れていたし、俺もああなりたいってずっと背中を追いかけていたんだ」

どこか遠くを見つめているかのような琉生くんの目には、きっとキラキラと輝いていた頃のお兄さんが映っているに違いない。

「そんなお兄さんがどうして、その……」

引きこもっているとか、家庭内暴力をとか、強すぎる言葉を口に出すことが憚《はばか》られて私は口ごもってしまう。

私の気持ちを読んだかのように、琉生くんはほんの少しだけ口角を上げた。

「人の心って、どうやったら壊れると思う？」

「え、それは」

どうやったら壊れるかなんて考えたこともなかった。

でも、想像してみた。

たとえば私が誰かからいじわるを言われて、心が壊れるだろうか。

先生から叱責されたら？　友達から無視されたら？

「…………」

どれもつらくは思うかもしれない。でも、心が壊れる想像ができないのは、私にその経験がないからだろうか。

「なんて、ね。わからないよね。俺にもわからないんだ」

小さく笑う琉生くんは、どこか苦しそうに見える。

「当てられた問題が答えられなかったとか、試合中に靴紐を踏んで転んでしまったとか、周りが聞いても『そんなことで？』って思うような些細なことだった。でも、完璧だった兄貴には自分がミスをした、ということが許せなかったんだろうね」

「許せなかったって、どういう……」

恐る恐る問いかけた私に、琉生くんは静かに答えた。

「ある日を境に、兄貴は学校に行かなくなった。そのまま転んで転んで転がり続けて、あいつは……バスケからも友達からも学校からも逃げたんだ」

隣で歩きながら吐き出すように話す琉生くんの手は固く握りしめられていて、小さく震えている。

琉生くんの中でさえまだ整理のついていないことを無理矢理話させている。

なんて傲慢なんだろうと、自分が嫌になった。

「ごめん、あの、話したくなければ……」

慌てて止めようとする私を、桐生くんは悲しそうな瞳で見つめた。

「なにを今さら」

「そうだけど」

「ここまで話したんだ。それに、英茉だって話してくれたんだ。俺だけ話さないのは、フェアじゃないだろ」

そんなことないよと言いたかった。

苦しませたいわけじゃない。しんどい思いをさせたいわけじゃない。

でも、もしかしたら……。

私がそうだったように、琉生くんも自分の中だけで押し込めておくのも限界だったのかもしれない。

私が聞くことで、少しでも琉生くんの心が楽になるのなら——。

「わかった。でも」

私は震えるほどに握りしめられた琉生くんの手にそっと触れた。

「無理はしないで」

驚いたような表情を浮かべると、琉生くんは困ったように「わかった」と微笑んだ。

「俺にとって兄貴ってなんでもできてカッコよくて、憧れであり目標だったんだ。でも大好きな兄貴の転落を目の当たりにして、どうしていいかわからなかった」

まるで自分が悪いように、琉生くんは言う。

でも、そんな状態になったら、私だってどうするのが正しいのか、きっと判断がつかないと思う。

黙ったままの私をよそに、琉生くんは話を続ける。

「それは俺だけじゃなくて、両親にとっても兄貴は自慢の息子で、大事に可愛がってたからショックも大きかったみたい。兄貴が落ちぶれていく姿から目を背けたかったのか、だんだん家に寄りつかなくなったんだ」

「そんなのって、酷い。だって琉生くんだっているのに」

「両親にとってはそれだけ兄貴の存在が大きかったんだろうな」

諦めたように琉生くんは言うけれど、それが余計につらく苦しかった。

「帰宅時間がどんどん遅くなって、家に帰って来るのは俺たちが寝静まってから。前にも話したとおり、最終的にはほとんど帰ってこなくなったんだ」

「……っ、なんで、そんな」

思わず漏らしてしまった私の言葉に、琉生くんは悲しげに目を伏せた。

「家事は家政婦さんに頼んでくれているし、お金だって十分すぎるほど置いてくれてる。でも、大変なことは全部俺に丸投げで……家族っていったいなんなんだろうって思った」

　もうなにも言えなかった。

　私なんかにかけられる言葉はない。

　それでも琉生くんをひとりにしたくなくて、重ねた手にそっと力を込める。

　それに気づいたのか、琉生くんは少しだけ笑顔を作る。

「だけど、逃げたのは両親だけじゃない。俺も一緒だ。学校から、友達から、バスケから逃げた兄、家族から逃げた両親、それから生きていることから逃げ出そうとしてる俺。な？　似たもの家族だろ？」

「違う、そんなことない！」

　私なんかがなにを言っても仕方がないことはわかっていた。

　でも、それでも伝えたかった。

「人間なんて大なり小なり、いろんなことから逃げているよ。みんな嫌なことから逃げて目を背けて生きてる。自分の心やプライドを守るために。『どんな困難にも立ち向かう』なんて、漫画のヒーローぐらいにしかできないんだよ！」

　──そう、あの子もそうだ。逃げたらよかったんだ。

　死ぬことを選んでしまうぐらいなら、いっそ全部から逃げ出したらよかったんだ。

誰に話せなくてもいい。なにから逃げたっていい。

でも、今さらそんなことを思ったところで、もうあの子には届かない。

琉生くんに伝えているはずなのに、私の心の中には彼女がいた。

あのとき、彼女に伝えたかったことを、琉生くんに伝えているのかもしれない。

それはきっと私のエゴだ。でも、それでも、伝えずにはいられなかった。

「……英茉」

私の名前を呼ぶ琉生くんは驚きを隠せないように、目を丸くしていた。

遠くで夕日が沈んでいくのが見える。

伸びた影がふたつ、手を繋《つな》いでいるように並んでいる。

この影のように、琉生くんの心に私は寄り添えているのだろうか。

「英茉って、そんな熱いこと言うようなやつだったんだ」

「なにそれ、馬鹿にしてる？」

「褒めてるんだよ」

顔をくしゃっとさせて笑ったかと思うと、琉生くんは目元を袖で拭った。

「俺さ、ずっと頑張らなきゃいけないと思ってた。どうにもならないからこそ、自分だけはちゃんとしなきゃいけないって」

「そんな！　どうして琉生くんだけが……」

「そうだよな……。みんながグチャグチャに壊していったモノをどうして自分だけが頑張って守ろうとしなきゃいけないのかわかんなくなった。全部壊してやりたくなった。そうすれば自由になれるのにって。こんな死んでるみたいに生きる日々を終わりにできるのにって」

ポツリポツリと、胸の内を吐き出していく。

でもその表情は、先ほどよりもずいぶんとスッキリしているように見えた。

「って言っても、すぐに考えも行動も変えることはできないと思うし、する自信もないけど」

言葉を途切れさせると、琉生くんは空を見上げた。

「でも英茉に話してたらちょっとだけ気持ちが楽になった気がする。死ぬことだけが自由になる方法、ってわけじゃないのかもな」

そう言って、琉生くんは笑う。

今まで見たどの笑顔よりも明るい、晴れ晴れとした顔で。

きっとこの顔が、本来の琉生くんなのだと、そう思う。

「話、聞いてくれてありがとな」

お礼を言われて、罪悪感で胸の奥が痛んだ。

別に琉生くんのことだけを思っていたわけじゃない。

それに、私が今日こうやってついてきた目的は、琉生くんが生きたいと思う理由をひとつでも見つけるためだ。

死にたい私が、人の死を止めようとするのは、ひどく理不尽に感じたけれど……。

でも、琉生くんが死にたくなくなれば、私が死ねるから。

自分のために伝えた言葉に対してお礼を言われてしまうと、どうしようもなく居心地が悪くなる。

でも、どうしてだろう。

琉生くんが笑った瞬間、嬉しくなったのは。

あたたかい気持ちがあふれてきたのは――。


なんとなく喋る気になれなくて、無言のまま琉生くんの隣を歩く。琉生くんも黙っていたけれど、その沈黙は重くなくて、むしろ心地いいぐらいだった。

「あ……」

不意に琉生くんが足を止めた。

「あれ、俺んち」

そう言って指さしたのは、庭のある大きな二階建ての家だった。

「それじゃあ、また」

スタスタと歩いていってしまう琉生くんを、気づけば呼び止めていた。

「あっ、あの！」

「ん？　なに？」

振り返った琉生くんは不思議そうに首を傾げる。

反射的に呼び止めてしまったけれど、なにを言おうかなんて考えてなかった。

ただ、このまま家に帰ってしまえば、琉生くんはまたひとりだ。

引きこもりの兄がいて、両親はいなくて、ただひとり朝が来るのを待つしかない。

そんな家はきっと、楽しくもなんともないはずだ。

それは琉生くんの言うように『死んでるみたいに生きる』、ただそれだけだ。

なら、楽しい明日が待っていると思えたら、少しでもそこに希望を見いだせるだろうか。

明日が楽しければ今日を乗り越えられるかもしれない。

明後日が楽しければ明日が、週末が楽しければ今週を乗り越える力になるかもしれない。

そこにわずかな打算がないとは言わない。

琉生くんの明日が楽しくなれば、生きるのが楽しくなれば、死にたいと思わなくなるかもしれない。

それに——友人を見殺しにしてしまった私なんかよりも、必死に頑張ってきた琉生くんの方がずっと、生きる価値があると思うから。

「明日！　明日も一緒に帰ろうよ！」

「え？　明日？」

唐突な誘いに、琉生くんは驚いたような表情を見せた。

私と一緒に帰ることが、琉生くんにとっての楽しみになる、そんなおこがましいことは思わない。

でも、今すぐに琉生くんの明日を楽しくする方法なんて思いつかないから、せめて一緒に帰る約束だけでもと思った。

そんな約束でも、きっとないよりある方がマシなはずだ。

「……いいけど、家逆方向だよ」

「別にこっちから帰ったってちょっと遠回りになるだけだし」

ちょっとどころではないことがわかっているから、私の言葉に琉生くんは笑う。

「わかった。じゃあ明日も一緒に帰ろっか」

「ホントに？」

「うん。でも、明日は俺が英茉の家の方から帰る」

「それは申し訳ないよ」

「じゃあ帰らない」

ふんっとわざとらしく横を向く琉生くんは、折れてやるものかと言っているようでおかしくなった。

「わかった！　でも、明後日は私がこっちから帰るね！」

「じゃあその次は……」

自然と明後日とその次の日の約束を交わしていく。

それがどうしてか嬉しくて、つい笑ってしまう。

そんな私を見て琉生くんも笑った。

どうしてだろう。この時間が、とても愛おしく思えるのは。

「じゃあ、また明日」

「うん、また明日」

手を振ると、私は琉生くんが家に入るのを見送ってから自宅への道のりを歩き出す。

私が死ぬために琉生くんに生きたいと思う理由を見つけたい。

その気持ちは変わっていない。

でもそれと同じぐらい、この先、琉生くんが生きて過ごす時間がしんどいものじゃなくなればいい。

そう思いながら歩いた道のりは、いつもより足取りが軽く感じた。

翌日の放課後、どうやって琉生くんに声をかけようか悩んでいた。

いつものように友達に囲まれている琉生くんは、やっぱり桐生くんの顔をしていて、私なんかが声をかけられる存在じゃない。

それでも一緒に帰るって約束したのだから。

そう思って声をかけようと立ち上がると、琉生くんと目が合った。

琉生くんは私を見て、それから視線を教室のドアの方へと向ける。

「じゃあまたな」

周りにいた友達に声をかけると、琉生くんはそのまま教室を出ていった。

「わ、私！　先に帰るね！」

机の中の整理をしていた穂波に言うと、私も慌てて教室を出ると昇降口へと向かった。

琉生くんは――。

「って、わっ、る、琉生くん？」

校門を出ると、近くの電柱の影に隠れるようにして立つ琉生くんの姿があった。

「ビックリさせないでよ！」

「いや、そんな勢いよく出てくると思わないから」

「別に勢いよくなんて……」

そんな言い方されたらまるで私が早く琉生くんのところに行きたかったかのように聞こえるからやめてほしい。

私はただ約束をしていたから、待たせちゃ悪いと思ってそれで急いだだけだ。

「置いて帰らないから大丈夫だよ」

「……っ」

琉生くんの声はやけに優しくて、どういうわけかなにも言えなくなってしまう。

「英茉？」

「なんでもない」

「そう？　じゃあ帰ろうか」

歩き出した琉生くんの隣に並ぶ。

私よりも十センチは高い身長、広い肩幅、整った顔立ち。

こうやって見ると、琉生くんがモテるのがわかる。

「なに？」

「え？」

「ジッと見てたから」

凝視しすぎたせいか、琉生くんから怪訝そうな目を向けられてしまう。

慌てて誤魔化そうと視線を彷徨《さまよ》わせていると、前髪の隙間から覗く眉の上に傷跡のようなものを見つけた。

「それって……」

「え？　ああ、これを見てたのか」

前髪を上げて見せてくれると、くっきりと傷痕があった。

髪を掻き上げるその指が長くて、妙にドキドキしてしまって……。

そんな自分の感情が理解できなくて、私は琉生くんから目を逸らしながら尋ねた。

「怪我の痕……？」

「子どもの頃に、な。もうとっくに治ってるんだけど痕だけ残っちゃったから、普段は前髪を下ろして隠してるんだ」

「なにがあったか聞いても大丈夫？」

踏み込んでいいのかわからず恐る恐る尋ねると、琉生くんはふはっと笑った。

「死にたい理由はズケズケと聞いてくるのに、怪我の理由は不安そうに尋ねるのな」

「だ、だって」

「別にたいした理由じゃねぇよ。ヒーローに憧れて、同じようになりたくて、ジャングルジムの一番上から飛び降りたら着地に失敗して怪我したってだけだよ」

遠くを見るように琉生くんは言う。

彼の言う『ヒーロー』が、誰のことを指しているのかわかった気がしたけれど、追及することはしなかった。その代わり。

「高いところに上ると、なんか気持ちいいよね」

顔を上げて空を見上げた。

別に自分自身が大きくなったわけじゃない。

それでも普段とは違うところから見下ろすだけで、どうしてか気持ちよくなれた。

「知ったように言うよな」

けれど私の言葉に、少しだけムッとしたような声を琉生くんは出す。

知ったかぶりをしていると思われたのかもしれない。

それとも、勝手に人の気持ちを代弁するなということだろうか。

そんなつもりはこれっぽっちもなかった。だって。

「だって、私も飛び降りたことあるもん」

ふと思い出した懐かしい記憶を口にする。

「え、ジャングルジムから？」

驚いた様子で食い気味に尋ねる琉生くんに、私は「まさか」と首を振った。

「ブランコから」

「いや、ブランコって」

一瞬、あっけにとられたように目を丸くして、それからお腹を抱えて笑った。

「自信満々に言うから、どこから飛び降りたのかと思ったら」

「べ、別に飛び降りたことには変わりないでしょ？」

「そうだけど。せめてもうちょっとなんかあるだろ」

悪びれることなく笑う琉生くんにつられて、私も笑ってしまう。

琉生くんと一緒にいると、息がしやすい。

それは夜の公園に行ったときと同じで、胸の奥まで空気を吸い込める。

きっとそれは取り繕う必要がないからなのかもしれない。

最初からマイナスな部分を見られている分、頑張らなくていい。

同じぐらい、琉生くんの桐生くんとしてじゃない顔も知っているから、どこかお互い様な気がしているのかもしれない。

「なんかさ、ふとした瞬間にここじゃないどこかに行きたくなるんだ」

だからだろうか。今まで誰にも話したことがないようなことも、琉生くんになら言えるのは。

公園までの道のりを歩きながら私は胸の奥に押し込んでいた思いを吐き出した。

「どこか行きたい場所があるわけでもなくて、ここに不満があるわけでもない。それなのにどこかに行ってしまいたいって思うの」

他の人になら「なに言ってるの」とか「疲れてんじゃない?」とか言って笑われてしまうかもしれない。

でも琉生くんなら大丈夫。そんな気がした。

「ああ、うん。なんか、わかる気がする」

隣に並ぶ琉生くんは、真っ直ぐ前を見据えたまま静かに頷いていた。

「消えたいっていうか、今いる場所から逃げ出したいというか、ここって本当に自分の居場所なのかなって、妙な居心地の悪さを感じてしまうことってあるよな」

「そう、そうなの。どうしようもなくこの場所に居心地の悪さを感じちゃうの。自分がそこにいるはずなのに、少し離れたところから冷めてる目で見ている自分がいるっていうか」

この気持ち悪さを、琉生くんがわかってくれた。

それが嬉しくて、でも琉生くんの心にも空虚があるのだと思うと同じぐらい悲しかった。

「そうそう。はは、こんなことわかってくれる人がいると思わなかったよ」

「私も。そもそもこんな話、他の人にはできないしね」

「たしかに。俺も英茉にしか言えないや」

秘密の共有といえばドキドキするような関係に聞こえるかもしれないけれど、私たちが話しているのはときめきやドキドキとはほど遠い悲しい現実で。

でも、こうやって分かち合って、わかり合える人がいるというのは幸せだと思う。

「あ……」

ふたりで歩いていると、自宅までの道のりはあっという間で、気づけば私の家がすぐそこに見えていた。

琉生くんも気づいたようで、どこか残念そうに頭を掻いた。

「あー、そしたらこの辺で」

「……うん、そうだね」

残念だ、と思ってしまうのは琉生くんと過ごす時間が、思った以上に楽しかったから。たとえお互いを繋ぐのが『死』だとしても。

感じた寂しさを押し込めるように、私は自宅へと小走りで向かう。

でも、伝え忘れたことがあるのに気づいて慌てて立ち止まる。

また明日、と伝えていない。琉生くんの明日が少しでも楽しみでありますようにと。

振り向いて「琉生くん」と声をかけようとした私の背後から、突然名前を呼ばれた。

「英茉」

振り返ると、そこには私を見つめる琉生くんの姿があった。

逆光で、表情を見ることはできない。でも、琉生くんは私を見つめていた。

「なに――」

「また明日！」

そう言ったかと思うと、私の返事を待つことなく琉生くんはこちらに背を向けて走り去った。

不意打ちに、動けなくなった私を置き去りにして。


翌日も、そのまた翌日も、私たちは一緒に帰った。

しんどい気持ちやつらいことを吐き出しながらふたりで歩く時間は、重かった心を少しだけ――ううん、少しずつ軽くしてくれた。

思い上がりじゃなければそれはきっと琉生くんも同じで、ほんのわずかだけれど表情が明るくなったような気がした。


今週も今日で終わりという金曜日。

その日も私たちは並んで帰り道を歩く。

もうすぐ公園にさしかかる、というときに琉生くんは足を止めた。

「もっと早く知り合いたかったたな」

琉生くんが呟いた言葉に、反射的に「私も」と答えそうになって、私は口をつぐんだ。私には、なにも言えない。

なにも言う資格はない。

こうやって一緒に過ごす時間が心地いいのは否定しない。

でも私にとってこの時間は、琉生くんが生きたいと思う理由探しのための時間だ。

今は死にたいと思っている琉生くんの、生きたいと思う理由を見つけたい。

——私が、死ぬために。

黙ったまま立ち止まる私に、琉生くんは苦笑いを浮かべた。

「悪い、変なこと言った。……帰るか」

「……うん」

少し気まずいまま並んで歩く。

私よりも背の高い琉生くんが、私の歩くスピードに合わせてくれていることに気づいたのはいつだっただろう。

優しい人だ。

優しい人だからこそ、自分が死ぬためにこの人の思いを利用しようとしているようで、心苦しくなる。

いつもなら少し寂しく思うのに、今日は自分の家が見えて少しだけホッとした。

「それじゃあ、またあし、た……」

恒例になった言葉を口にしながら、今日が金曜日、明日は土曜日だということに気づいた。

土曜日は学校がない。

でも、私たちには会う約束がある。

あの公園で、どれぐらい死にたいのかを、自分の方がいかに死にたいのかを話し合いに行く日だ。

ざわついた気持ちを振り払うように、私は顔を上げた。

「また明日の夜に！」

「ああ、またな」

琉生くんも応えると、私に背を向け帰っていく。

その背中が少しだけ寂しそうに見えたのは、私の気のせいだろうか。

翌日、朝からどうにも落ち着かなかった。

なにかしていないと夜のことを考えてしまうから、学校で出されていた課題をひたすらにこなしていく。

それでもふとした瞬間に琉生くんのことを考えてしまう。

今週、琉生くんと過ごす時間は増えたものの、結局どうすれば生きたいと思うのかはわからなかった。

知れたのは、つらい環境にいることと、それから琉生くんが優しい人だということ。

こんなことで、最終日までに琉生くんの気持ちを変えられるのだろうか。

答えの出ない問いから逃げるように、私は数学の問題を解き続けた。


ジッとしているのも難しく、結局先週よりも三十分早く家を出て公園に向かった。

どこまでが夢で、どこからが現実なのかわからなかった先週とは違い、自分の意思で公園へと向かっていた。

少し緊張して、つい早足になってしまう。

ようやく辿り着いた公園に、琉生くんの姿はなかった。

「英茉、今週は早いですね」

代わりに、先週と同じようにベンチにはハクの姿があった。

「遅いって言われたからね。それより琉生くんは？」

「まだ来てません。英茉が早く来ると琉生が遅いなんて、気が合わないふたりですね」

なにが面白いのか、ハクは口に手を当ててクスクスと笑っていた。

「ふふ。琉生が来るまで少しお話しますか？」

「話って……」

「なにか聞きたいこととかありませんか？　気になってることとか」

ないわけでは、ない。そもそもハクの存在自体が謎で、気になることだらけだ。

「まあ聞かれたからって、答えられるとも限りませんけど」

その口振りから、尋ねたところでまともに答えてもらえるとも思えなかった。

それなら。

「ハクは私と琉生くん、どちらの魂を持っていきたいの？」

私たちの意思ではなく、ハクから見た私たちについて尋ねてみることにした。

「どちらの、とは？」

少し興味を持ったようで、ハクはもたれていたベンチから身を乗り出す。

「前に言ってたでしょ。死にたいと思っている魂を連れていく方がいいって。じゃあ、今のハクから見て、どちらがより死にたいと思ってるのかなって」

もしかしたらこれが、ひとつの指標になるのではと思った。

ハクは少し考えるように顎に手を当て、それからニヤリと笑った。

「そうですね、先週までを思い返すと、少し琉生の方が死にたい気持ちは強いかなと思いました。ただ」

「ただ？」

途切れた言葉の先を促すと、ハクは私の目をジッと見つめた。

「英茉からは生きたいという思いが感じられない。死にたいとは似ているようで違う感情ですが、死にたいと思っている琉生の方が生きたいという思いも強いというのは不思議なものですね」

生きたいけれど死にたい琉生くんと、死にたいかと言われると微妙だけど生きたいと思っていない私。

それは生から逃げたい琉生くんと、生を諦めた私を表しているようだった。

「じゃあ、もうひとつ」

「はい、どうぞ」

「たとえば、決着がつかなくて、もしもどちらの魂も持っていけないってなったら、どうするの？」

「それはありえません」

ニッコリと笑う姿はどこにでもいる子どものようなのに、その表情がかもしだす雰囲気は子どものものとは全く違っていた。

「必ずどちらかの魂は持っていかせていただきます。たとえどちらも死にたくないと願ったとしても、です」

「必ず……」

「と、話している間に琉生が到着したようです。が、あれは……。ふふ、今日はずいぶんと死にたい思いが大きくなっていますね」

「え？」

ハクの言葉に驚きを隠せず、私は公園の入り口を見た。

そこにはたしかに琉生くんの姿があった。

けれど、昨日の放課後見た琉生くんとは様子が違っていた。

頬には殴られたような痕があり、目には生気がない。

その表情は暗く重苦しいものだった。

「琉生くん……」

なんと声をかけていいかわからない。

こちらに向かって歩いてくると、琉生くんは私を一瞥し、それからハクの方へと向き直った。

「遅くなった」

「ホントですよ。まあでも先週の英茉よりは早いですし、許してあげます」

明らかに様子がおかしいのに、ハクはそれに触れることなく琉生くんへとにこやかな表情を向けた。

けれど琉生くんが笑顔を返すことはなく、冷たい視線を向けるだけだった。

「だい、じょうぶ？」

声を絞り出し問いかける。

けれど琉生くんはなにも言わない。なにも語らない。

なのにどうしてだろう。

ハクの言うように、死にたい気持ちが昨日までよりもずっとずっと大きくなっているように感じるのは。

呆然《ぼうぜん》と琉生くんを見つめていると、ふいっと視線を逸らされてしまった。

その態度に胸の奥が痛む。

いったいなにがあったのだろう。

ハクから死にたい気持ちについて尋ねられている間も、そのことばかりが気にかかって仕方がなかった。

「それでは、聞かせてもらいましょうか。おふたりの死について。どんなふうに死に焦がれているのか、楽しみですねぇ」

くふふ、と笑うハクの表情には、一切の悪意が感じられず、それがまた恐ろしく感じられた。

こんなにも楽しそうに『死』を語る人を、ハク以外に私は知らない。

隣に立つ琉生くんは今にも夜の闇に溶けて消えてしまいそうなほど、うつろな目をしている。

思い詰めたような表情を浮かべたまま黙っている琉生くんに、心がざわついた。

「別に。私はなにも変わってないよ」

琉生くんを横目で見ながら、私はなんでもないような口調で話し始める。

「相変わらず、毎日生きている意味がわからない。生きていたくないって思う。だから、この勝負を降りるわけにはいかないし、ハクには私を選んでほしいって思ってる」

「ふんふん。意思は変わらず、というところでしょうか。いいですね、そういう『死』への強い想い、大好きですよ」

嬉しそうに笑うハクの表情は、まるで大好きなケーキを前にした子どものように無邪気で純真無垢《じゅんしんむく》に見えた。

「それで？　琉生はどうなんですか？」

無言を貫く琉生くんに、しびれを切らした様子でハクは尋ねた。

「なにも言わないということは、死にたい気持ちがなくなったと判断しますがよろしいですか？」

「……い」

「ん？　なんですか？　聞こえないなぁ。思っていることはハッキリ口にしないと誰にも伝わらないんですよ」

言っていることはとても真っ当なはずなのに、ハクが言うとどうにも相手を挑発しているように聞こえる。

そしてそれは、言われた琉生くん自身も感じたようで、イラッとした表情をハクに向けた。

「そんなわけないって言ったんだよ！」

言葉を荒らげる琉生くんの表情は、怒っているはずなのにどうしてか泣きそうに見えた。

「そんなふうに怒鳴らなくても聞こえますよ」

ひょうひょうと答えるハクを、琉生くんが睨《にら》みつける。

公園を吹き抜ける風が、ハクの髪を揺らした。

口調ほど表情が柔らかいわけではなく、その目は笑っているようで感情を持っていないようにも見えた。

「それで？　そんなわけない、ということは、琉生の死にたい理由を話してくれるんでしょう？」

まるで挑発するかのようなハクの言葉に、琉生くんがこぶしを握りしめたのがわかった。

「……なにもかも捨てて、逃げ出して、死にたいって思うのは悪いことか？」

「別に、悪いなんて誰も言ってませんよ。それを悪いって思っているのは、琉生自身じゃないですか？」

「俺、自身……？」

ハクの言葉を繰り返す琉生くんの目は見開かれていた。

「ええ。死は本来、自由なものです。あなたが死にたいと思えば、すぐそばに死は存在します。けれど、人間というのは不思議なもので、死にたいと思っているはずなのに、どこかでブレーキをかける。死んではいけないと自分自身で思い込んでしまう。枷のようなものなのでしょうか」

「それは、枷じゃない！」

つらつらと話し続けるハクの言葉を、私はつい遮ってしまう。

そんな私に、ハクだけじゃなく、琉生くんの視線が注がれる。

ふたりから向けられた視線が、どうにも居心地が悪くて言葉を呑み込んでしまいそうになる。

けれど、伝えなきゃいけない気がした。

今、私が思っていることを。

「枷じゃないなら、英茉はなんだと思うの？」

嫌みでもなんでもなく、ハクは純粋に気になっている様子だった。

気になっている、というより面白がっている、と言った方が正しいかもしれないけれど。

「私は、優しさ、とか愛情、だと思う」

「へえ?」

こんなにも感情のこもっていない相槌を、私は知らない。

聞いたものの、ハクが思うような面白い答えじゃなかったのかもしれない。

でも、ハクがどんな反応をしようがどうでもよかった。

私は、私が伝えたいのは、琉生くんただひとりだったから。

「死にたいって思うのは、悪いことじゃないって私も思う」

それを琉生くんが願うことを、誰にも否定できない。だけど。

「でもね、琉生くんの中で『悪いことなのかも』って思う気持ちがあるってことは、きっと誰か他の人のことを思ってのことなんじゃないかなって、私は思うよ」

「誰かのことを……?」

怪訝そうに眉をひそめる琉生くんと目を合わせて、私は頷いた。

「そうすることで悲しむ人がいる、とか、傷つく人がいる、とか。理由はわからないけれど、自分のワガママを押し通すことで誰かに迷惑がかかるって思っちゃってるんじゃないかなって」

それはきっと『死』以外のところでも。

教室で会う琉生くんの周りには、いつもたくさんの人がいる。

それはきっと琉生くん自身が、人に好かれる自分でいようとしているからだと思う。

みんなそういうところはあると思うけど、でも琉生くんのそれは本音を、本心を心の奥底に押し込んでいるような気がしてならない。

誰かのためじゃなくて、自分のために行動したっていいはずなのに。

「琉生くんは優しいんだよ」

優しいからこそ、お兄さんのことも、家族のことも、全部自分ひとりで抱え込んでしまっていた。

自分さえ我慢したら、頑張ったらいいんだって。

それが限界になって、選んだ道が『死』だった。

けど、本当はもっと道はあるんじゃないかって思う。

死ぬことだけが逃げ道でも唯一の救いでもなくって、もっと違う方法で逃げることができたらって。

だけど、必死に伝えた私の言葉は――琉生くんには届かなかった。

「俺は、優しくなんかない。ただなにもかもに背を向けて、目をつぶって、逃げ出そうとしている卑怯者だ」

「そんなこと……！」

「もういい。英茉になんてわかるわけないんだ。俺が抱えているものなんて」

「あ……」

私から顔を背けると、それっきり琉生くんがなにかを言うことはなかった。


結局、この日もどちらも譲ることなく、決着がつくことはなかった。

でも、私はそれよりも琉生くんの顔の傷が気になって仕方がない。

「じゃあ、また来週ってことでいいですか？」

ハクが確認するように言うから私は大きく頷いた。

「琉生は？　琉生もそれでいい？」

念を押すように言うハクに、琉生くんは黙ったままだ。

「んー、沈黙は肯定ってことで。じゃあ、また来週ですね」

そう言ったかと思うと、ハクは笑みを浮かべたまま姿を消した。

残されたのは私と琉生くんのふたりだけ。

「あっ」

なんと声をかけようかと考えているうちに、琉生くんはひとり公園から出ていく。

先週とは違い、一緒に帰ろうとすることもなく、私を置いて自分の家の方向に。

別に一緒に帰る約束をしているわけじゃない。

そもそも私たちの家は、公園を挟んで真逆の位置にある。

だから当たり前だと言えば当たり前なのだけれど。

「待ってよ！」

あんな状態の琉生くんをひとりにしたくなくて、私は琉生くんのあとを追いかけた。

「ねえ、なにがあったの？」

無言のまま歩き続ける琉生くんは、私を振り返ることはない。

「ねえってば！」

「うるさい」

しつこく声をかけると、ようやく琉生くんは私の方を向いた。

けれどその目に生気はなく、仄暗い色をした瞳がこちらを見る。

「英茉に関係ないだろ」

冷たい視線、冷たい口調。初めてあの公園で話をした日のようだ。

「……っ」

思わず息を呑む私から、琉生くんはふいっと視線を逸らした。

そりゃあ琉生くんの言うとおり、私には関係ないのかもしれない。

友達でも、ましてや恋人でもない。

ただお互いに、ハクの持つ死ねるための枠を取り合うためだけに繋がっている。

それがどんな関係なのかと聞かれたら、私だって答えられない。

でも、だからってこんなふうにつらそうな表情を浮かべた琉生くんのことを放っておけなかった。

「心配しちゃ、いけないの?」

「頼んでない」

「じゃあ、そんな顔をしないでよ! 琉生くんがつらそうな顔をしてたら心配になるよ!」

投げつけるように無責任な言葉をぶつけてしまう。

こんなのただ感情のまま叫んでいるだけだ。

もしかしたら私はどこかで思い上がっていたのかもしれない。

毎日一緒に帰って、琉生くんも嫌がっている様子もなくて、なんとなく仲良くなったようなそんな気になっていたのかもしれない。

だから『関係ない』って拒絶されて、自分の思い上がりが露呈して、恥ずかしかった。悲しかった。琉生くんなら受け入れてくれると、心のどこかで思っていたのかもしれない。

琉生くんはなにか言いたそうに口を開いたあと、言葉にすることを諦めたように唇を噛みしめた。

そして、再び歩き出す。

今度はさっきよりも足早に。

「待ってってば……っ」

「離せ！」

追いかけて、咄嗟に腕を掴《つか》んだ私ごと、琉生くんは腕を振り払った。

「きゃっ」

振り払われた勢いのまま、気づけば私は地面に尻餅をついていた。

「ったい……」

「あ……だ、大丈夫!?」

慌てて駆けよって来てくれる琉生くんはいつもの琉生くんで、不安そうに転んだ私を見つめるその瞳からはもう仄暗さは感じられなかった。

「血が出てる」

転んだ拍子に膝をすりむいたようで、ピリピリとした痛みと滲み出る血が見えた。

視線を落とした琉生くんは、落ち込んでいるように見えた。

「悪い、俺のせいで」

「琉生くんのせいじゃないよ。私が勝手に転んだだけだから」

「けど……」

少し考えるような表情を浮かべたあと、琉生くんは顔を上げた。

「とりあえずうちで治療するか」

「うちって……えええっ」

夜ということも忘れて、思わず声を上げてしまう。

慌てて自分の口を両手で押さえると、必死に首を振った。

「だ、大丈夫だよ！　そこまでしなくても！」

「大丈夫じゃない！　それに、こんな怪我させて、ひとりでなんて帰せないだろ」

これぐらいなら帰ってから絆創膏《ばんそうこう》を貼ればいい。

そんな私の言葉なんて聞いていないかのように琉生くんは私の腕を取った。

「肩、貸す？　それともおんぶするか？」

「どっちもしなくて大丈夫！　普通に歩けるから！」

立ち上がった私は大丈夫だとアピールするためにその場でぴょんぴょんと跳び上がって見せた。

「いった……」

「馬鹿なの？　そんなことしたら痛いに決まってるだろ」

「だ、だって……」

思ったよりも痛んだ足を庇いながら歩こうとすると、琉生くんが私の手を取った。

「ここ、掴んでて」

琉生くんの腕に掴まらせてもらうと、片足を庇《かば》いながらでも安定して歩けた。

「ありがとう」

「別に。じゃあ行こうか」

素っ気ない言葉なのに、隣に立つ琉生くんの頬は街灯に照らされて少しだけ赤くなっているのがわかる。

やっぱり、優しい人だ。

普段なら五分ぐらいで着く道のりをゆっくりと歩いて琉生くんの家に向かう。

ちらりと隣を見るたび、頬の傷が気になった。

聞きたい気持ちはもちろんあった。

でもあれだけ言っても話してくれないのだ。

無理矢理聞かれても、きっと琉生くんだっていい気はしないはずだ。

「……さっきはごめん」

隣を歩く琉生くんに謝ると、琉生くんは前を向いたまま首を振る。

「俺の方こそごめん」

それっきり、私たちは会話を交わすことはなかった。

ようやく辿り着いた琉生くんの家は真っ暗で、シンと静まり返っていた。

ご両親はほとんど帰って来ないと言っていたけれど、たしかお兄さんがいるはずだ。

なのに、どうして。

不思議に思って見回していると、琉生くんは「こっち」と私の手を引いて近くの部屋へと足を踏み入れた。

そこはリビングらしく、食卓やソファー、テレビなどがあった。

ただしどれも壊れて原形を留めていなかったり、床に傷が無数についていたりしたけれど。

「なっ……」

「そこ座ってて。あ、足元に気をつけてね」

ソファーに座るように促され、そばに転がっている花瓶を避けながら私は腰を下ろした。

改めて辺りを見回すと、部屋にはものが散乱し、割れた食器や倒された家具が床を覆っていた。

いったい、なにがあったのだろう。

「酷いだろ」

私が呆然としていることに気づいたのか、琉生くんは救急箱を手に苦笑いを浮かべて戻ってきた。

「これ、全部兄貴がやったんだ」

「え？」

「足、見せて」

私の足元でひざまずくと、慣れた手つきで膝を消毒してくれる。

「ちょっと染みるかも」

気遣ってくれたけれど、私はそれどころじゃなかった。

これ全部、琉生くんのお兄さんがやったって、いったいどういう——。

黙ったままの私に琉生くんは肩をすくめた。

「なにかのスイッチが入るとこんなふうに暴れ出すんだ。今は薬を飲んで眠ってるけど、夕方は特に酷くて」

「あ……」

思わず視線を琉生くんの頬に向けてしまう。

私の視線に気づいたのか、琉生くんは困ったように眉を下げて力なく笑った。

「そう、これも。俺の機嫌が良いのが気に食わなかったらしくて。酷いだろ？」

「どうしてそんな……」

「理由なんてないんだよ。暴れたいから暴れる。叫びたいから叫ぶ。理性なんて残ってない。本能のままに行動してるあいつを、誰にも止められないんだ」

琉生くんの言葉には諦めと悲痛さが交じっていた。

こんな状況なのに、大人は誰も助けてくれなくて、みんな琉生くんに押しつけて逃げて、そんなの、酷すぎる。

「なんで英茉が泣くんだよ」

「だっ……て……」

知らないうちに涙があふれていた。

悔しくて悲しくて、なにもできない自分の無力さが腹立たしかった。

どうして琉生くんがこんな目に遭わなきゃいけないのかわからなかった。

「逃げても、いいんだよ」

無責任な言葉だとわかっていた。

でも、それ以外の言葉が思いつかない。

助けてあげたい。

でも私は無力で、琉生くんを助けるすべを持たない。

それが悔しくてしょうがない。

「逃げようと思った。あの日、もう限界で、なにもかもから逃げ出したくて、歩道橋の上から身を投げた」

それは、二週間前のあの流星群の日のことだった。

「真っ逆さまに落ちながら、ああこれで全てが終わる。逃げられるって思った。なのにあの流れ星が流れた瞬間、世界が真っ白になって……」

そのあとのことは私も知っていた。

私が、邪魔をした。琉生くんが逃げるのを。楽になるのを。

「私のこと、恨んでる……?」

「最初はね、なんだこいつって思ったけど、でも今はそうでもないかな。しんどい思いをしているのは俺だけじゃなくて、みんな大なり小なり死にたくなるぐらいのなにかを抱えているんだなってわかったから」

包帯を巻き終え、琉生くんは私の手を引いた。

「送ってく」

「……ありがとう」

手を繋いだまま、私たちは外に出た。

息を吸い込むと、肺の中がヒンヤリとする。

秋が終わり、やがて冬が来る。

そのとき、私と琉生くん。

どちらがこうやって空を見上げているんだろう。

「琉生くんはご両親とかお兄さんに対して怒り、みたいなのはないの？」

「怒り、かぁ」

夜空にはたくさんの星々が瞬いている。

それを見上げながら、考えたこともなかったというように琉生くんは笑った。

「怒ったところでなにか変わる？」

その言葉が、なにもかもを諦めているように聞こえて悲しくなった。

繋いだ手に、無意識のうちに力を込めてしまう。

「でも、そんなのって悲しすぎるよ！」

だって琉生くんはなにひとつとして悪くないのだから。

「俺の代わりに怒ってくれてありがと。いつの間にか、怒ってもいいってことにすら気づけなくなってたのかもしれない」

それぐらい周りからたくさんのことを押しつけられて、心が麻痺してしまっていたんだと思うと、涙が出るほどに悔しかった。

「……琉生くんは、家を出ることとかは考えないの？」

子どもの浅知恵だと思われるかもしれないけれど、それしか方法はないように思う。

琉生くんが死ぬことで家族から解放されるんじゃなくて、琉生くんが家族から離れることで琉生くんの心が、命が守られるのならそれが一番良いはずだ。でも。

「そうやって俺のこと、生かそうとしてる？」

琉生くんがイタズラを見つけた子どものように笑うから、私は——。

「もうっ！」

私が言ったら、そう思われても仕方がないのかもしれない。

けど、そうじゃない。

私はただ、死ぬこと以外にも逃げ道があるんじゃないかって、琉生くんに伝えたかった。

それだけだった。

でも、それは私の気持ちの押しつけでしかない。

「……ごめん、勝手なこと言って」

謝る私に、琉生くんは「そうだな」と困ったように言った。

「離れられたらいいけど、家族と縁を切るっていうのは英茉が思うほど簡単なことじゃないんだよ」

「わかってるけど、でも」

「わかってない。高校生の子どもが、家を出てどうやって生活する？　住む場所は？　生活資金は？　学校は辞める？　どこで働く？」

「それは……」

そう言われてしまえば、すぐに答えることはできない。

たしかに私たちはまだ親の庇護《ひご》下にいる子どもで、自由にできることなんてそんなにないのかもしれない。

けど、それじゃあ高校生の子どもがひとり死にたいって思うぐらい辛い思いをしているのは間違っていないのか。

絶対に違うはずだ。

感情ばかり先走って、言葉が出てこない。

代わりにあふれた涙が頬を伝い落ちる。

悔しい。

なんにも言えないことが、どうにもできないことが、悔しくてつらくて仕方がない。

「……でも、ありがとな。そんなに俺のこと考えてくれて。すっごく嬉しかった。本当にありがとう」

琉生くんの言葉に、私は何度も何度も首を振った。

お礼を言われるようなことなんてひとつもない。

ひとつもできていない。

「私が、助けるから」

「え？　なんか言った？」

口の中で呟いた言葉が微かに聞こえたのか、琉生くんは首を傾げる。

「ううん、なんでもない」

わざとらしく笑顔を作って見せて否定すると、私は星空を見上げた。

誰も琉生くんのことを助けないのなら、私が琉生くんを守ってみせる。

琉生くんが生きたいと思えるようにしてみせる。

「うん、決めた」

私が死にたいから、じゃない。

琉生くんに生きていてほしいから。

幸せになって、ほしいから。

だから私は、琉生くんを生かしてみせる。

第四章　十月十八日〜二十四日

琉生くんが生きたいと思えるようになるには、どうしたらいいだろう。

授業を受けつつも、琉生くんへと視線を向けながら考える。

今までは明日の予定を作るだけだった。

明日が少しでも楽しければ、今日を生きるのが苦しくなくなるかもしれないと思っていた。

でも、明日が楽しかったとしても明後日がやってくる。

琉生くんにとっての毎日はいつだって苦しみであふれている。

本当はあの家を出られるのが一番良い。

でも、今それができないのであれば、今日死にたいと、明日死にたいと思わないように、少し先の予定を作ってみるのはどうだろう。

たとえば、来月遊びに行くとか――。

でも、私と来月の約束をしたところで、どちらかが死ぬことは決まっているのに、意味がないことはわかりきっている。

なにかないだろうか、と悩む私に、思いも寄らぬところからいい知らせがやってきた。

六時間目のホームルームの時間。

担任が黒板の前に立ったかと思うと、なにかを書き始めた。

それは来月にせまった、北海道への修学旅行の話だった。

「じゃあ修学旅行のグループを作るぞ。男女三人ずつの六人グループを作るように」

そういえばそんなものもあった。

周りはみんなキャーキャー騒いでいるけれど、その頃私はもうこの世にいないかもしれない。

だから楽しみもなにも――。

「あっ」

「どうしたの？」

思わず声を上げた私に、隣の席にいた穂波が驚いたようにこちらを向いた。

「そっか、修学旅行」

「修学旅行がどうしたの？　ってか、グループって私と英茉と希帆ちゃんの三人でいい？　男子どうする？」

当たり前のように一緒に組もうと言ってもらえるのはありがたい。

こういうところでひとりになってしまうと、どうにも気まずいことになってしまうから。

「男子なんだけど、私一緒に回りたい人がいるの」

「え、誰？　あ、わかった！　桐生でしょ！」

どうしてか言い当てられたことに驚きを隠せない。

「なんでわかったの？」

「だって最近仲良さそうだったから」

「そう、かな」

教室では話さないようにしていたし、一緒に帰るのだって校門を出てからだ。

誰にも気づかれていないと思っていたのに、まさか穂波に感づかれていたなんて。

「ふふふ、友達を舐《な》めちゃ駄目だよ。英茉が気になっている人ぐらいわかるって」

「気になってるとかそういうんじゃないんだけど」

そう、そういうのではない。ただ私は、琉生くんを助けたいだけだ。

「じゃあ琉生——桐生くんと一緒のグループになるので大丈夫？」

「私は大丈夫だけど、向こうは大丈夫じゃないのでは……？」

「向こう？」

穂波の指さす方へと視線を向けると、女の子に囲まれている琉生くんの姿が見えた。

いつも一緒にいる女子たち、それから普段はそこまでだけど修学旅行だからと勇気を出した女の子たち。

教室の女子の半分以上は琉生くんの周りに集まっているように見えた。

「ねえねえ、琉生ってば誰と一緒の班になるの？」

「もちろん私たちでしょ？」

その中でも、普段から琉生くんと仲のいい高瀬《たかせ》さんは、そうするのが当たり前とばかりに琉生くんに声をかける。

男子と話していた琉生くんは、高瀬さんたちの方をチラッと見ると、困ったように笑った。

「んー、他のやつらにも聞かなきゃだから」

「えー！　ってか、私たち以外と組むなんてある？」

周りを牽制《けんせい》するように見回す高瀬さんの目は、まるで『私の獲物を横取りなんてしないわよね』と言っているかのようだった。

けれど、周りの女の子たちも負けてはいない。

「き、桐生くん！」

遠巻きにいた花野《はなの》さんが、高瀬さんたちが保留にされたことでチャンスがあると思ったのか、普段からは想像もつかないようなハッキリとした声で琉生くんを呼んだ。

「花野さん？　どうしたの？」

「あの……えっと、も、もしまだ誰とも組んでないなら！　わ、私たちと一緒に組みませんか!?」

まさかの伏兵に、高瀬さんも、そして私も思わず言葉を失う。

だって、どっちかっていうと大人しくて、男子と話している姿なんて必要最低限以外で見たことがなかった花野さんが、琉生くんを誘うなんて想像もしていなかった。

「え？　あー、声かけてくれてありがと。でも、ごめんね。今、高瀬たちにも言ったんだけど、他のやつらに聞かずに勝手に決められないからさ」

「そ、そっか。そうだよね……」

「でも、声をかけてくれてありがとう」

優しく微笑みかける琉生くんに、花野さんは首がもげそうなほど横に振る。でも、その姿を微笑ましく見ている女子はいない。

「ってか、うちらの前でよく琉生に声かけたよね」

「ホント、ありえない」

口々に文句を言う高瀬さんたち。

「ま、まさか花野さんが抜けがけするなんて思わなかった……」

「私が行こうと思ったのに、もう行けないよ」

遠巻きに見ているだけで動こうとなんてしなかったくせに、勇気を出した花野さんに対してこそこそと陰口を言う他の女子たち。

でも、私もあの子たちと一緒だ。

「勝ち目、ある？」

「う……」

穂波に言われ、口をもごつかせる。

普段の私ならあんなところに突っ込んでいく勇気はない。

無理して琉生くんと組まなくても、他のたとえば穂波が仲の良い男子と同じグループになるのでもいいと思うはずだ。

でも、今は――。

私しか知らない、琉生くんを思い出す。

つらそうで、苦しそうで、一生懸命で、必死に生きている琉生くんのことを。

私は、琉生くんに生きたいって思ってほしい。生きていてほしい。

だから。

「……っ、私、行ってくる」

穂波に告げると、私は琉生くんの方へ向かうため席を立った。

周りにいる女子たちを掻き分けるように進む。

「ちょっとごめんね」と言う私に、疎ましそうな視線が向けられる。

逆に男子たちはなんだなんだと面白がっているようだった。

心臓がドキドキを通り越して、バクバクと音を立てて鳴り響いている。

こんなに緊張したことなんてきっと今まで一度もない。

周りのざわめきに気づいたのか、琉生くんがこちらを向いた。
一瞬、驚いたような表情をしたのがわかった。
でも、もうここまで来たら引き下がれない。
「あっ、あの！　琉生くん！」
しまった、ここは教室だから桐生くんって呼ぶべきだった。
後悔したけれど、もう遅い。
言ってしまったものは覆せない。
それならもう勢いのままに行く方が良い。
さっきまであんなにも騒がしかった辺りが、静まり返ったのがわかった。
私は両手をギュッと握りしめると、真っ直ぐに琉生くんを見据えた。
「私と一緒のグループにならない？」
早口で、でもハッキリと口にした。
なんて言われるだろう。
もう決まってるからって言われたら諦めるしかない。
でももし少しでも可能性があるのなら――。
「俺……」
琉生くんが口を開いて、私は思わずギュッと目を閉じた。

次の言葉を発するまでの時間が、永遠のように感じられる。

「え――」

「え――――！　三上さん、今桐生くんのこと誘った？」

「ってか、琉生くんって言った？　馴《な》れ馴れしすぎない？」

「身のほどを知りなよ、三上さんなんかじゃ琉生と釣り合わないって」

「花野さんを見て調子に乗っちゃったの？　陰キャ同士で支え合ってるって？　ホント笑える」

琉生くんの言葉をかき消すほどのボリュームで、高瀬さんたちがケタケタと笑う。

いじわるで言っているというよりは本気で私の暴走を止めようとしているようにも聞こえて、恥ずかしさから耳まで熱くなる。

うっすらと目を開けると、呆れたような女子たちの視線、囃《はや》し立てるような男子たちの声が向けられていた。

逃げ出したい。でも、逃げたくない。

俯きがちだった視線を上げると、琉生くんを見た。

どんな表情をしているんだろう。

驚いているだろうか。

なにを言っているんだと思っているのだろうか。

不安に思う私の気持ちとは裏腹に、琉生くんは――顔を赤くして目を見開いていた。

「え……」

それはほんの一瞬のことで、琉生くんはすぐにいつものひょうひょうとした桐生くんの表情に戻った。

今のはいったい……。

「俺は……」

口ごもる琉生くんは、気まずそうに私から視線を逸らす。

困らせてしまった。でも、それでも。

「私はどうしても琉生くんと一緒のグループになりたい！」

真っ直ぐに向ける視線は、どうしても琉生くんと合わない。

それでも諦めたくなかった。

琉生くんのことだ。

他の子たちとグループを組めば、自分がいなくなってもいいように当たり障りなく振る舞うはずだ。

でも、そうはさせない。

修学旅行が楽しみで楽しみで、仕方なくしてあげる。

死にたくないって、生きていることが楽しみで仕方がないって思わせてみせる。

生きたい気持ちのない私が、生きる意味がわからないと言っている私が、誰かを生きたいと思わせたいなんて滑稽《こっけい》な話だと思う。

でも、それでも私は琉生くんに未来を夢見てほしかった。

生きているって苦しいことばかりじゃなくて、明るい世界もあるのだと信じてほしかった。

……私の、代わりに。

「だからさ！」

黙ったままの私にしびれを切らしたのか、琉生くんの隣にいた高瀬さんが私と琉生くんの間に割って入り、どこか苛立った様子でこちらを睨みつけた。

「琉生があんたなんかと組むわけがないでしょ！　わかったらさっさと自分のグループに戻って――」

「わかった」

「え？」

高瀬さんを押しのけると、琉生くんは私の前に立つ。

「英茉たちのグループは誰と誰？　俺は敬太《けいた》――吉崎《よしざき》敬太と新谷《しんたに》のふたりなんだけど」

「あ、わ、私は穂波と希帆ちゃんで……」

「市井と杉本ね、了解。敬太、新谷、別にいいよね？」

「お、おう。俺たちは別に誰とでも。なあ？」

「うん、大丈夫だよ。よろしくね、三上さん」

琉生くんの近くにいた吉崎くんと新谷くんは快く受け入れてくれる。

納得できていないのは高瀬さんたち女子だ。

「琉生!?　なんで三上さんたちなんかと」

「クラスメイトをなんかって言うなよ」

「そういう話をしてるんじゃなくて！　三上さんと組むぐらいなら私と組もうよ！」

高瀬さんは琉生くんの腕を掴んで上目遣いで言う。

きっと、高瀬さんは琉生くんのことが好きなんだと思う。

でも、ごめん。

琉生くんの生きる意味になれないなら、高瀬さんに琉生くんを渡してあげられない。

「別にいいだろ、誰と組んだって」

「だからって三上さんとじゃなくても！」

「なんだよそれ。俺が英茉たちと組むって決めたんだ」

きっぱりと言うと、琉生くんは私に「行こう」と言って穂波たちの方へと歩き出す。

「琉生！」

高瀬さんが声を荒らげていたけれど、足を止めることはなかった。

穂波たちのもとへと戻ると、ふたりとも驚いたような感心したような表情を浮かべて私と琉生くんを見比べる。

「本当に連れて帰ってきちゃった」

「なにそれ。捨て犬じゃないんだから」

「や、本当に行ったのにもビックリしたんだけど、まさかまさかよ」

希帆ちゃんも同じ気持ちなのか、無言のままただコクコクと頷いていた。

まあたしかに、普段教室で接点のない私が突然琉生くんを誘ってオッケーもらえるわけがないと思うのが自然だ。

「まあまあ、クラスメイトなんだから別に誰が誰と組んだって不思議じゃないでしょ」

「そうそう。せっかく一緒のグループになるんだから仲良くしようよ」

吉崎くんと新谷くんは明るく言うと、穂波の机の上に置いてあった修学旅行のグループを書く紙を手に取った。

「ここに名前を書けばいいんだよね。んじゃ、班長は琉生にしてってと」

「なんで俺なんだよ。敬太がやればいいだろ?」

「俺？　いいけど、集合時間に遅刻する自信しかないよ？」

「いや、いい加減ちゃんと起きろよ」

悪びれもせず言う吉崎くんに、琉生くんは呆れたような表情を浮かべる。

桐生くんとしてしか振る舞っていないと思っていたけれど、こうやって男子と話しているところを見ると、琉生くんの表情が出ているようにも思う。

それは吉崎くんや新谷くんの前だからかもしれない。

「桐生くんってこんなふうに笑うんだね」

穂波も意外に思ったのか、私の耳元で囁く。

琉生くんの良いところをみんなが知ってくれて嬉しい。

嬉しいはずなのに、ほんの少しだけ、私だけが知っている琉生くんがみんなのものになってしまうことに寂しさを感じた。

「私、班長は穂波ちゃんが良いと思う！」

突然希帆ちゃんから名前を呼ばれた穂波は、ビクッと肩を振るわせた。

まさか自分に白羽の矢が立つとは思ってもみなかったようだ。

「わ、私？」

「そう。穂波ちゃんしっかりしてるし大丈夫だよ」

希帆ちゃんの言葉に反応したのは穂波だけではなかった。

「杉本さん、それって俺がしっかりしてないって言ってる？」

「え、あ、そういうことじゃなくて」

吉崎くんのひと言で、希帆ちゃんは焦ったように両手を振る。

私も穂波もわずかにピリついた空気を感じて顔を見合わせた。

助け船を出した方が良いのかな、そう思っていると――吉崎くんはニヤッと笑った。

「俺のことよく知ってるじゃん」

その瞬間、琉生くんと新谷くんが噴き出した。それでようやくからかわれただけだと気づいて息を吐く。

「もー！　怒らせたのかと思ったよ！」

希帆ちゃんが吉崎くんに文句を言うけれど、男子たちは笑うばかりで気にもしていない。

「ごめん、ごめん。こんなことで怒らないよ」

「そうそう。敬太がしっかりしてないのは周知の事実だからな」

「しゅうち？　の、なんだって？」

「ほらな」

首を傾げる吉崎くんを指さして、琉生くんが笑う。

そんなふたりを見て私たちもつい笑ってしまった。

いつの間にか、さっきまで感じていたぎこちない空気はどこかに消えていた。

「ってかさ、俺のこと敬太でいいよ。吉崎くんって呼ばれ慣れないからなんかむずむずする！」

「そんなことある？」

思わず穂波が突っ込むと、吉崎くんは「だってさー」と別のグループにいるクラスメイトを指さした。

「あいつも吉崎だろ？　成績の良い方の吉崎と悪い方の吉崎、みたいな扱いされて嫌なんだよね。だから、できたら俺のことは敬太って呼んでよ」

たしかにクラスメイトにもうひとり吉崎くんがいた。

そして、吉崎くん——敬太くんの言うように、そういうふうに比較されているのを聞いたことがあった。

本人はケロッと言うけれど、気にしていないわけはないはずだ。

「じゃあ、これからは敬太くんって呼ばせてもらうね」

そう言うと、敬太くんは嬉しそうに笑う。

「そうしてくれると嬉しい！　あ、でも新谷のことは名前で呼んじゃ駄目なんだぞ」

「そうなの？」

敬太くんの言葉に新谷くんの方を見ると、余計なことを言ってくれるなとばかりに眉をひそめていた。

視線が集まっていることに気づいて、新谷くんは諦めたようにため息をつくと口を開いた。

「……僕、名前が『由樹《ゆうき》』っていうんだけど、子どもの頃『ゆきちゃん』って呼ばれてからかわれてて、名前に良い思い出がないんだ。背も小さかったから『お前ホントは女なんだろ！』って言われたこともあってさ」

「酷い……」

「まあそんなことがあったから名前が好きじゃなくてさ。僕のことは苗字で呼んでくれると助かる」

みんなそれぞれが少しずついろんな事情を抱えている。

こうやって話してみなければわからないことというのはたくさんあって、勝手に『明るそうな人』とか、『なにも気にしていなさそう』とか、決めつけるのは間違っていると思わされる。

琉生くんのことだって、初めは明るくて悩みなんてなさそうだと思っていた。

勝手な思い込みで、琉生くんのことをわかった気になっていたあの頃の自分が恥ずかしくなる。

気持ちが沈みそうになるのを必死に堪えると笑顔を作る。

「そっか、それじゃあ新谷くんって呼ぶね。私たちはどうしよっか？」

穂波と希帆ちゃんに尋ねたつもりだったけれど敬太くんが先に口を開いた。

「普段はなんて呼び合ってるの？」

「英茉、穂波、希帆ちゃん、かな?」

「私は英茉ちゃん、穂波ちゃんって呼んでるよ」

「じゃあ俺たちも英茉、穂波、希帆ちゃんって呼ばせてもらおうかな」

こういうときに率先して話を進められる敬太くんはすごいなと思う。

おかげでスムーズに話がまとまった。

と、思ったのだけれど、琉生くんがどうしてかぶすっとした表情を浮かべているような気がした。

「琉生くん?　どうかした?」

「……別に」

別にと言うけれど、別にという表情をしていない。

なにか不服なことがあるなら教えてほしいのに、話してくれるつもりもなさそうだ。

思い当たる節もなくてどうしようかと思っていると、敬太くんはなにかを思いついたかのように「あっ」と声を上げた。

「わかった!　琉生の呼び方だけ決まってないから、そんな顔をしてるんだろ。大丈夫だって、忘れてないから!　琉生は名前と苗字、どっちで呼ばれるのがいい?」

敬太くんの問いかけに、なぜか琉生くんは私を見る。

「琉生くん……?　あ、あの……」

意図がわからなくて慌てる私から、琉生くんはふいっと視線を逸らした。

「別に、苗字でも名前でもどっちでもいいよ」

「そっか。じゃあ、琉生は琉生な」

敬太くんの言葉に反応したのは琉生くん、ではなくて穂波だった。

「いいの？」

「え、なにが？」

「なにがって……。英茉がいいならいいんだけど」

歯切れの悪い穂波の言葉。なにを言いたいのかわからない琉生くんの視線。

私が鈍感なのか、全く伝わってこない話にモヤモヤする気持ちが止まらない。

「だから、なにが――」

「じゃあ、琉生くんって呼ぶね！」

「……っ」

屈託のない笑顔で、希帆ちゃんが言う。

その瞬間、胸の奥をギュッと掴まれたような苦しさを感じた。

今のは――。

「だから『いいの？』って聞いたのに」

「いいって、なにが？　ちゃんと言ってくれないとわからないよ」

苦しさを誤魔化すように、苛立ちをぶつけてしまう。

そんな私に、穂波は呆れたような視線を向けた。

「はぁ……。ちょっと、こっち来て」

盛り上がるみんなの輪からそっと外れると、穂波は静かに尋ねた。

「英茉は、私とか希帆ちゃんが『琉生くん』って呼んでもいいの？」

「別に、そんなこと……」

「ホントに？　嫌じゃない？」

確かめるように聞かれてなにも言えなくなる。

先ほどの苦しさの理由は今もわかっていない。でもそれが、穂波の言うとおり私以外の人が『琉生くん』と呼ぶことへの拒絶からきているとしたら。

「……恥ずかしい」

思わず声が漏れた。

「英茉？」

「私ってば、ちょっと琉生くんと仲良くなったからって、まるで名前で呼ぶ権利が自分にだけあると思ってたのかな。さっき高瀬さんだって名前で呼んでたのに、なに思い上がって勘違いしてたんだろ。別に誰が琉生くんを『琉生くん』って呼んだっていいのに。ホント、恥ずかしい」

自分で自分が嫌になる。

琉生くんは私のものではない。

なのにこんな思い上がりをしてしまうなんて。

「い、いや、そういうことを言いたいんじゃなくて」

「ごめんね、私ってば嫌な態度を取ってたね。私がとやかく言うことじゃないし、穂波も『琉生くん』って呼んでね。ああ、ホント嫌になるぐらい恥ずかしい」

穂波はなにかフォローしようとして言ってくれたけれど、これ以上庇われると余計に恥ずかしくて仕方がない。

慌てて話を打ち切ると、なんでもないふうを装って、私はみんなの会話に交ざる。

「それじゃあ、今日の放課後とかどう？　せっかく同じグループになったんだし、友好を深めるためってことで」

敬太くんの提案で、放課後カフェにでも行こうという話になっていた。

「いいね！　あ、でもみんな部活は？　私は帰宅部だけど」

私と琉生くん以外は部活に入っているらしく、スマホをチェックして終了時間を確認していた。

「俺らはサッカー部なんだけど、今日は六時前には終わると思う」

「私もその時間なら吹奏楽部終わってるはず。希帆ちゃんは？」

「私は今日部活は休み！　図書委員の仕事があるけど五時過ぎには終わると思う」

希帆ちゃんは写真部らしく、毎週金曜日だけ活動があるらしい。

「それじゃあ六時に学校近くのカフェで待ち合わせってことでいいかな？」

みんなそれで問題ないということでまとまったところで、授業の終了を知らせるチャイムが鳴った。

それぞれが自分たちの席に戻っていくのを見送っていると、琉生くんが私の耳元に顔を寄せた。

「俺たちはどうする？」

「え？」

「考えといて」

それだけ言うと、なにもなかったかのように琉生くんは私のそばを離れた。

琉生くんの言葉の意味がわかったのは、帰りのホームルームが終わり、学校を出てからだった。

いつものように校門のところで待っていてくれた琉生くんの隣に並ぶと、不意に琉生くんがこちらを向いた。

「それで？　俺たちはどうする？」

「どうって……、さっきも言ってたけどなにがどうなの？」

「いや、このあとだよ。六時ってことはまだ二時間近くあるけど、一回帰る？　それともどこかで時間を潰す？」

「あ……」

言われて初めて気づいた。

たしかに、みんなの時間に合わせるとなると、私たちは時間が余りすぎる。

だからあのとき琉生くんは「どうする？」って言ってたのかと、今になってようやく理解した。

「うーん、どうしようかな」

たしかに一度家に帰れるぐらいの時間はあるけれど……。

私は琉生くんの方をチラッと見た。

琉生くんの家のことを考えると、一度帰ってしまえばもう一度出てこられない可能性もある。

きっと、自分は帰らないと言ってしまえば、私が合わせようとするのではと思って琉生くんは言わないのだと思う。

それぐらいのことがわかるぐらいには、琉生くんとの時間を過ごしていた。

「じゃあ、どこかで時間を潰さない？　一回帰るのも面倒くさいし」

私の提案に、琉生くんは眉をひそめた。

「気を使ってる？」

「違うよ。一回帰ると、どこ行くのとか聞かれて面倒くさいから。それなら帰らずに出かけちゃう方が色々聞かれなくて楽ってだけ」

私の答えに納得したのかしてないのか「ふーん？」と言うと、琉生くんは前を向く。

そのまま黙って、私たちはいつものようにふたり並んで帰り道を歩く。

「そういえばさ」

しばらくして、なにかを思い出したかのように琉生くんは口を開いた。

「英茉ってば、今日俺を修学旅行のグループに誘うとき『琉生くん』って呼んだよね」

からかうように琉生くんは言う。

「え、あ、そ、そうだったかも」

約束では学校にいるときは桐生くんと呼ぶことになっていた。

なのにその約束を破っちゃうなんて。

「ごめんなさい！」

「ああ、いや、責めてるわけじゃなくて、なんか、うん。嫌じゃなかった。逆にあのとき英茉から『桐生くん』って呼ばれてたら一緒のグループになろうって誘い、断ってたかも」

「どういうこと？」

「内緒」

琉生くんの考えていることが少しはわかるようなつもりになっていたけれど、やっぱりなにを考えているのかわからない。

もしかしたら思わず『琉生くん』と呼んでしまったことを、私が気にしないためにわざとあやって言ってくれているのかもしれない。

ジッと琉生くんの表情を見てみるけれど、やっぱり答えはわからないままだった。

「で、六時まで時間があるけどどこに行こっか。英茉、どこか行きたいところある？」

行きたいところと言われてもすぐには思いつかない。

「私は特にないかな。琉生くんは？」

「なにもないなら、駅前の本屋に行ってもいい？」

「本屋さん？」

駅まではここからそう遠くはないし、たしかに時間を潰すにはちょうど良いかもしれない。

「なにか買いたい本でもあるの？」

「買いたいというか、調べたいというか」

「調べ物？」

まあ、と言葉を濁しながら頷くから、それ以上詮索することはやめて、私たちは駅へと向かった。

いつも帰っているのとは反対方向へ十分ほど歩くと、私たちが住む市の駅があった。駅直結の商業施設の中に、そこそこの大きさの本屋さんが入っていて、私たちはそこへと立ち寄った。

キョロキョロと本棚を見回したあと、琉生くんが向かったのは雑誌コーナーで、そこには観光情報が載った雑誌が並んでいた。

琉生くんはその中から『北海道』と書かれた雑誌を手に取った。

「えっ」

「なに？」

「う、ううん」

まさか北海道の観光雑誌が見たくて、本屋さんに行きたいと言ったなんて思わなかった。

少しは修学旅行を楽しみにしているということ、だろうか。

だとしたら嬉しい。

琉生くんの隣から、私も雑誌を覗き見る。

「あっ」

「どうした？」

思わず声を上げた私に、琉生くんは不思議そうに首を傾げた。

私は平置きされている雑誌を手に取ると、琉生くんに差し出した。

「そっちより小樽《おたる》とか函館《はこだて》が載っている方がいいよ。その方が修学旅行で行く地域が詳しく載ってるから」

琉生くんは二冊の雑誌を見比べると、「ありがと」と言って。私から雑誌を受け取った。

「英茉は北海道って行ったことあるの？」

パラパラと雑誌を捲りながら琉生くんは尋ねる。

「小さい頃にね」

そう言いながら子どもの頃のことを思い出す。

家族旅行で行った北海道。

たくさんの観光地に連れていってもらった。

まるで宝石箱のように、キラキラとした思い出であふれている。

思い出の場所が忘れられず、自宅に帰ってから連れていってもらった場所をひとつひとつ調べたこともあった。

ノートにまとめながら楽しかった記憶、美味しかった食べ物がよみがえるようで、それだけでも楽しかった。

そのおかげで、昔ほど興味はないけれど、それでも忘れず記憶の中に残っていた。

「ちなみに一番印象に残っている場所ってどこ？」

「それ、は」

思わず口ごもってしまったのは、思い出せないから、じゃない。

思い出せば、他の記憶も一緒に顔を出してしまうから。

「英茉？　どうしたの？」

「あ……ううん。えっと、それに載ってるかはわかんないんだけど」

載ってなければいいのに。

そう思うのに、捲られるページの中に、その場所を見つけてしまった。

誤魔化すことだってできた。

でも――。

「ここ」

琉生くんの手を止めると、私は満天の星が映し出されたページを開いた。

「星の降る里？」

「うん、芦別市《あしべつ》にあるの」

そこは北海道にある、星がとても綺麗に見える町の名前だった。

「星を見るのが好きなんだ」

「へえ、そういえばあの日も流星群が流れてたよな」

「りゅう座流星群ね。そうそう、流れ星が見たくて家を出たらこんなことになっちゃって」

まさかあの流星群がきっかけで、こんなことになると思わなかった。

そういえば、あの日も――。


中学三年の冬のことだ。

もうすぐ冬休みを迎えるというある日、私は同じクラスの友人と一緒に帰っていた。

親友というほど特別仲が良いわけじゃなく、ただのクラスメイトというには距離の近い友人。

周りに対して気遣いのできる彼女の隣は居心地がよかった。

担任に頼まれ、手伝いをしたせいで辺りはすっかり暗くなっていた。

手袋とマフラーをしていても寒さが酷く、早く自宅に帰りたかった。

「ねえねえ」

唐突に彼女は空を指さした。

「あの星、凄く明るい！」

「ホントだ。シリウス、かな？」

「シリウス？」

答えた私に、彼女は首を傾げる。

「そう、冬の夜空に輝く一番明るい星がシリウス。あそこにあるおおいぬ座のシリウスと、オリオン座のベテルギウス、それからこいぬ座のプロキオン、三つを結ぶと冬の大三角形ができるよ」

「夏の大三角形は聞いたことあるけど、冬にも三角形があるんだね」

彼女は視線を夜空から私へと移して感心したような瞳で見つめてくれる。

でも別にこれぐらいなら理科の教科書に載っていることだ。

小学生でも知っているような知識で、たいしたことじゃない。

「私、全然わかんないから英茉ちゃんがスラスラ言い出してビックリしちゃった！」

手袋をつけた両手をぱふっと合わせながら、頬を赤らめて彼女は言う。

たいしたことじゃない、のだけれど。

こんなふうに驚いて感心されるとくすぐったい気持ちになる。

「私、星空って好きなの」

だから、聞かれてもいないことをつい話してしまう。

「プラネタリウムも好きなんだけど、でも実際の星空には絶対にかなわないと思うの。草むらに寝っ転がって、夜空を見上げるとね、満天の星に吸い込まれそうになる。その感覚がたまらなく好きなんだ」

「オススメの場所ってあるの？」

「んー、この辺だと河川敷のところが街灯の光も少なくてオススメかな。でも本当はね、北海道の一番星空が綺麗に見えるところ。あそこで見た星空が忘れられないの」

もしかしたらそれは子どもの頃の思い出補正もあるのかもしれない。

でも、私にとって一番と言えば、あの場所しか思いつかなかった。

「そっか。……あの星が、一番明るいんだね」

もう一度夜空を見上げると、彼女はポツリと言う。

「いいなぁ。いつか星が一番綺麗に見える場所に行ってみたいなぁ」

星を掴もうとするかのように、彼女は夜空に向かって手を伸ばした。

「私も、星になりたいなぁ」

彼女が呟いた言葉は、寒空に吸い込まれるように、消えた。

その一週間後、彼女は自分の手で命を絶った。

星が輝く夜に、シリウスに見守られながら。

まるで、夜空に輝く星のひとつになったかのように。

彼女は私と一緒に星空を見上げながら、いったいなにを考えて、なにを思っていたのだろう。

その答えはもう二度と、聞けない。


「んー、芦別はやっぱり難しそうだね」


琉生くんのその声でハッとする。

懐かしい場所の話をしたせいで、思い出の向こうに意識を飛ばしてしまっていたらしい。


「自由行動でここまで行っちゃうと、すぐに帰ってこなきゃいけなくなる」

「うん、わかってるから大丈夫だよ」

どうせ無理なことは初めからわかっていた。

もしも行けたとしても、きっと昼間だ。

星空を見ることなんて到底できるわけがない。

それに、もう星空のことは考えたくなかった。

星空を見上げると、彼女のことを思い出してしまう。

心が引っ張られてしまう。彼女が生きていた日々と、命を絶ってしまったあの日に。

だから私は、自分の心に蓋をして、星空が好きだった日々を過去にした。

もうそこまで興味があるわけではない。

あの頃ほどの情熱があるわけでもない。

私にとって星空は昔好きだった過去のものだって、自分自身に言い聞かせて。

「気にかけてくれてありがとね。でも気にしないで」

「……うん」

不服そうに頷く琉生くんに、私は首を傾げる。

どうかしたのだろうか。

ああ、もしかして琉生くんが死ぬためには、私がなにか好きなことを見つけてくれた方がいいと思っているのかもしれない。

相手を生かして自分が死にたいのは、琉生くんも私も同じだから。

そのあともしばらく本屋さんで本を見たり参考書を見たりして、待ち合わせまで時間を潰した。

時間になったので待ち合わせをしていたカフェに向かうと、そこにはもう四人の姿があった。

男女に分かれ、向かい合って座っている四人は仲が良さそうに見えて安心する。

私のワガママで組むことになったのだ。

四人に対して申し訳ない気持ちがないわけではなかった。

でもあれなら、修学旅行当日、私がいなくてもきっと大丈夫だ。

できればあの輪に琉生くんにも入ってもらって、五人で楽しく過ごしてほしい。

いっそ、穂波か希帆ちゃんのどちらかを琉生くんが好きになればいいのに。

好きな人ができたら、きっと死にたいなんてもう思わなくなるはずだ。

そうだ、彼女ができれば。

「……っ」

その瞬間、胸の奥がチクリと痛んだ。この痛みは――。

私は、その痛みの正体に気づきたくなくて、心の中で蓋をする。

この感情には気づいちゃいけない。

気づいてしまえばきっと、私にとって琉生くんが未練になってしまう。

万が一にも死にたくないなんて思ってしまえば、そのときは私じゃなくて琉生くんが死ぬことになってしまう。そんなのは嫌だ。

だから私は、自分の中に生まれた小さな想いに蓋をした。

今の私にとって一番大切なことは、琉生くんに生きたいと思ってもらうことだから。

琉生くんとともに穂波たちと合流して、一時間ぐらいお喋りをして過ごした。

同じクラスに半年近くいたはずなのに、お互いのことを思った以上に知らなくて驚いた。

でもひとつずつ知っていくごとに、知らなかった頃よりもみんなのことが好きになっていく。

そんな感覚が嫌いじゃなかった。

解散する時間になって、公園まで琉生くんと希帆ちゃんと三人で帰ることになった。

「そういえば、琉生くん。つかちゃんって覚えてる？」

「あー、誰だっけ。バレー部にいた子？」

「そうそう、この前会ったんだけど」

同じ中学出身ということもあって、琉生くんと希帆ちゃんは一中の話で盛り上がっている。

私はふたりの邪魔をしないように、少しだけ歩くのをゆっくりにした。

何度か琉生くんが気にするように振り返っていたけれど、どうしても上手くふたりに交ざれなかった。

しばらくすると、いつもの公園が見えてくる。

ここでふたりとはお別れだ。

「じゃあ、また明日！」

そう言って手を振ると、希帆ちゃんも「またねー！」と両手を振る。

琉生くんは、どうしてか黙ったまま私を見ていた。

「琉生くん？　なにか私に――」

私が言い終えるよりも早く、琉生くんはツカツカと歩くと、私のすぐそばに立った。

「る、琉生くん？」

「来週、ふたりで出かけたいところがあるんだ」

「え？　ふたりでって……」

思わず声がひっくり返ってしまう。

琉生くんの肩越しに希帆ちゃんが「琉生くーん？」と呼んでいるのが見えたけれど、そんなこととお構いなしに琉生くんは話を続けた。

「だから、予定空けといて」

「ま、まって。どこに行くの？」

動揺を悟られないように慌てて尋ねる。けれど。

「それは秘密」

琉生くんはニヤリと笑い、私に「じゃあ、また明日」とだけ言って立ち去った。

残された私は、うるさいほどに鳴り響く心臓と、赤く火照る顔を両手で押さえて隠すことしかできなかった。

土曜の夜、先週、先々週と同じように公園へ向かおうとすると、家を出ようとした私を母親が呼び止めた。

「ねえ、どこに行くの？」

「えっと、コンビニに」

「先週の土曜日もそう言って出かけてたわよね」

「それは……」

まさかそんなことを咎《とが》められると思っていなかったので、言葉に詰まってしまう。

「英茉、最近なにかあった？」

「別になにも」

「本当に？　悩んでいることとかあったらお母さんに……」

「なにもないってば」

後ろめたいことがあるわけじゃないけれど、だからといってなにをしているのと聞かれても困ってしまう。

死にたくて公園に行っています、なんて言えばもう二度と夜間の外出を許してもらえないどころか、いろんな行動を制限されてしまいそうだ。

なんて誤魔化せば……。

あの日だけなら、りゅう座流星群が見たいからって言えたけれど……。

「あ……」

「ん？　なに？」

思わず口をついて出た言葉を呑み込めず、母親は不思議そうに私の顔を見る。

私は気づかれないように小さく息を吸い込むと、真っ直ぐに母親の目を見返した。

「あのね、今月の初めに、りゅう座流星群が流れたの知ってる？」

「りゅう座……？　ああ、そういえば流れ星がどうのってニュースでやってたわよね」

よかった、知っててくれた。

少しの罪悪感を抱きながらも、私は話を続けた。

「あの日ね、実はこっそり家を抜け出して流星群を見に行ってたの」

「ええ？　お母さん、そんな話は知らないわよ」

「ごめんなさい、言えば止められるかもって思って」

「そりゃそうよ」

母親の眉間に皺が寄るのを見ながら、苦笑いを浮かべて見せた。

「それでね、近くの公園で見たんだけどすっごく綺麗で。——昔、家族で行った北海道の星空を思い出したの」

私の言葉に母親のくっきりと入っていた皺は緩み、顔がほころぶのが見えた。

「そういえば、あの頃の英茉は星空に夢中だったわよね。また見に行きたい！　ってずっと言ってて。懐かしいわ」

嘘と本当が入り交じる私の話を、母親は思い出話と絡めて上手く呑み込んでいってくれる。

「そんなに、だった？」

だから私も、『照れくさいながらも幸せだった頃を思い出している娘』を演じてみせた。そしてそれは母親の望む娘像だ。

「そうよ。図書館で借りた星の本を見ては『この星、北海道で見た！』とか『これも見たかった！』とか一喜一憂してね」

「そうかな。うん、そうだったかも」

ここまで来れば、きっと上手くいく。

「それでね、どうしてもまた星空が見たくなって、先週もこっそり公園に行ってたの。ごめんなさい」

「そういうことだったのね」

仕方ないわね、と言わんばかりに両手を腰に当ててため息をつく母親は、先ほどまでとは違い、柔らかい表情を浮かべていた。

「でも、やっぱり夜にこっそり出ていくのは感心しないかな」

「はい……」

「だから次からは嘘をつかずに正直に話してから行ってくれる？　それから公園までとはいえ、女の子が遅くまでうろうろしているのはやっぱり危ないから、三十分ぐらいで帰って来ること。いい？」

「うん！　ありがとう！」

素直に頷く私に母親は「大きくなったように思うのに、あの頃と変わらないなんてね」と感慨深そうに言っていた。

そんなわけがない。

もうあの頃のように、純粋な気持ちで星空を見上げることなんてできない。

星たちは、変わらず夜空で輝き続けているというのに、変わってしまったのは私の心だけ。

「じゃあ、遅くならないようにね。スマホは持ってる？　なにかあったら連絡してね」

「はーい、それじゃあいってきます！」

手を振る母親に返事をすると私は玄関の外へと出た。

ドアが閉まる寸前までこちらを見つめている母親の姿が見えて、それがどうしようもなく鬱陶しくて早々に背を向けた。

スマホで時間を確認すると、八時四十五分。

先週よりも遅くなってしまった。

早足で公園に向かうと、入り口に立つ琉生くんの姿が見えた。

同じタイミングだったのかとホッとして足を緩める私に、琉生くんが近づいて来た。

「遅かったね」

「え？」

「いや、なんでもない。行こうか」

琉生くんの言葉に違和感を覚えながらも公園の中に入ると、いつものようにベンチにはハクが座っていた。

「英茉、今日は遅かったですね」

「出がけに捕まっちゃって。って、私だけ？」

だってさっきそこで琉生くんに会ったのに。

不思議に思っていると、ハクはにんまりとした笑顔を見せた。

「琉生は三十分も前に来てましたよ。英茉が遅いから心配して公園の外まで見に行ったりしてね」

「え、そうだったの？」

まさかさっきのはちょうど同じタイミングだったわけではなく、私のことを待っていてくれたってこと？

わざわざ？　でも、どうして……。

「別に。遅いからまた事故にでも遭ってるんじゃないかって心配だっただけだよ」

素っ気ない言葉の端々から、私を心配してくれていた気持ちが伝わってくる。

『来週、ふたりで出かけたい』

その瞬間、忘れようと思って胸の奥に押し込んでいた琉生くんの言葉がよみがえる。

「英茉？」

「……っ、なんでもない！　大丈夫、気にしないで！　さあ、はじめよっか」

慌てて思考を振り払って、私はハクを見る。相変わらずなにを考えているのかわからない笑顔で私たちを見つめていた。

「ふふ、そうですね。では、おふたりの話を聞かせてくれますか？」

ハクに促され、お互い微妙な雰囲気のまま話し始める。

けれど、先週からなにかが変わったわけでもなかった。

ただ、琉生くんの死にたいという気持ちが消えたわけではないけれど、なんとなく死への思いが薄れたような気がした。

そしてそれには、ハクも気づいていた。

「琉生？　あなたはもう死にたいとは思っていない？」

「いや、そうじゃない」

否定するものの、どこか歯切れが悪い気がした。

もしかしたら少しずつ、死にたくないと思ってくれているのかもしれない。

でも、まだ足りない。

もっと明確に生きたいと思ってくれなきゃ。

今ココで私が死ぬことが決まってしまったら、もしかしたらまた琉生くんが死を選ぶ日が来るかもしれない。

そしてそのとき、私はもうこの世にいない。

琉生くんの死にたいという気持ちを止めることはできないのだ。

「本当に？　琉生が死ななくていいなら、もう今日の時点で英茉を――」

「待て！」

思わず、と言った様子で琉生くんはハクの言葉を遮る。

「琉生？　どうかしましたか？」

「あ、いや、その」

自分でも無意識だったのかもしれない。

戸惑ったような表情を浮かべる琉生くんに、ハクは首を傾げている。

けれど、琉生くんの視線は真っ直ぐ私に向けられていた。

「琉生くん？」

「……俺はまだ、死なないとは言ってない。……約束だって、あるだろ」

ポツリポツリと吐き出すように琉生くんは言う。

その言葉はまるで、私を死なせたくないと言っているかのように聞こえた。

もしかすると、私が想像している以上に、琉生くんは来週ふたりで出かける約束を楽しみにしてくれているのかもしれない。

だったら……。

「そうだよね。約束したもんね」

私の言葉に頷く琉生くんの目は、どこか不安そうに揺れていた。

「今、決まったら」

こんなふうに言うのは卑怯だってわかっている。

だけど、これ以外に思いつかない。

こんな形で、琉生くんとの約束を利用してごめんね。

でも、どうしても、琉生くんには私がいなくなったあとも、笑っていてほしいから。

生きていてほしいから。

だから、私がいなくなっても大丈夫だって思えるまでは死ねない。

そのためなら、私はどんなことだってしてみせる。

「そうしたら来週の約束は守れないや。ごめんね」

隣に立つ琉生くんにだけ聞こえるぐらい小さな声で囁いた。

その瞬間、琉生くんの肩が小さく震えたのがわかった。

「駄目だ！」

声を荒らげたかと思うと、琉生くんは私の前に立ちハクと対峙《たいじ》する。

「やっぱり、死ぬのは英茉じゃない。俺だ。それは譲れない」

琉生くんの言葉に安心すると同時に、嬉しい気持ちがあふれてくる。

「……っ」

気付いてしまった。

私の中にある、どうしようもない、ワガママな気持ちに。

琉生くんに明確に生きたいと思ってもらいたいから、なんて言っておいて、心の奥底では、琉生くんと出かける約束を楽しみにしていたのだと思い知らされる。

私は、ズルい。ズルくて卑怯だ。

「ふーん？　まあそういうことにしときましょうか」

黙ったままの私と目の前の琉生くんを見比べながら、ふふっとハクは笑い、ぴょんっとベンチから飛び降りた。

「では今週も決まらなかったということで。おふたりともわかってますね、来週は三十一日。必ずどちらが死ぬかを決めていただきますからね」

それだけ言うと、ハクは姿を消した。

残されたのは、私たちふたりだけ。

「……帰ろうか」

「そう、だね」

公園を出ると、琉生くんは私の家の方へと向かって歩き出す。

そうするのが、当たり前だというように。

もしかしたら琉生くんは私に好意を持ってくれているのかもしれない。

そんな予感が、少しずつ私の中で大きくなっていく。

でも、その予感が大きくなればなるほど、私の中で琉生くんを死なせたくないという気持ちも大きくなっていった。

私が死にたいから琉生くんに生きていてほしい。

それももちろんあるけれど、それ以上に、琉生くんに死なないでほしい。

生きて、笑っていてほしい。

これからも、この先も、ずっと――。

蓋をしたはずの想いが、どうしようもなく顔を出す。

でも、この気持ちを認めるわけにはいかない。

だから、私はライバルのふりをして彼の隣を歩く。

どちらが死ぬかを争う相手として。

でも、ほんの少しだけ。

こんなふうに知り合うんじゃなくて、ただのクラスメイトとして琉生くんのことを深く知りたかったという、隠しきれない想いを抱えながら。

第五章　十月二十五日〜三十日

翌週の水曜日。

その日は教員の研修会があるらしく、五時間目までしか授業がなかった。

部活も休みになるので、教室は朝から騒がしく、みんなどこに遊びに行くかの相談をしていた。

普段なら興味がないし、特に気にも留めないのだけれど、この日ばかりは私も周りの子たちと同じぐらい落ち着かないまま過ごしていた。

「ねえ、やっぱり今日の英茉、なんか変だって。なにかあったの？」

五時間目の授業が終わり、帰る準備をしていると朝から何度目かの問いかけを穂波にされた。

「なんでもないよ」

これまた何度目かわからない答えを私は返す。

「ホントに？」

疑わしそうにしながらもそれ以上追及してこないのは穂波のいいところだと思う。

踏み込まれたくないラインを越えようとしないから、一緒にいても楽だった。

「まあ、なんでもないならいいんだけど。それよりさっきの選択授業、敬太たちと一緒だったんだけど、今日の放課後みんなで遊びに行こうって話になって、英茉もどうかな？」

そういえば穂波は敬太くんや新谷くんと同じ音楽を選択していたことを思い出す。

ちなみに私は美術で、琉生くんは書道だ。

「みんなって？」

「希帆ちゃんとか、新谷くんとか、あと琉生くんも誘おうかって」

教卓の方を指さすと、敬太くんがこちらを見て手を振っていた。

つまるところ、修学旅行のグループメンバーで遊びに行こうという話になったということだった。

みんなが仲良くなってくれたことは嬉しいし、そこには当然のように琉生くんもいてほしいと思う。

けれど、今日は……。

なんて答えようかと悩ましく思っていると、ちょうど話が聞こえたのか琉生くんが私たちの席の方へとやってきた。

「ごめん、英茉は今日俺と先約があるから」

「え……？」

「えええ!?」

琉生くんと私の顔を交互に見ながら、口を押さえて驚きとも興奮ともつかない声を上げる穂波。

そしてその声をかき消すように、敬太くんの声が響いた。

「なんでふたりで遊ぶ約束してんの？　なあ、どういうこと？」

「どういうことって、別に。先に俺が声かけただけだよ」

「だけって……」

敬太くんの視線は私に向けられる。

ううん、敬太くんだけじゃない。穂波も、興味津々とばかりに私を見ている。

居たたまれず琉生くんの方を見ると、素知らぬ顔で立っていた。

「ねえねえ、どういうこと？」

「私も知りたい！　ねえ、英茉。どういうこと？」

敬太くんと穂波が私に近寄り、交互に問いかけてくる。

こんなのいったいどうしたら——。

「じゃあ、行こっか」

「え、あ、えっ」

琉生くんは私の腕を掴んだかと思うと、そのまま教室を出ていこうとする。

「琉生、待てよ！」

「英茉も！　ちゃんと説明してよ！」

そう言われても、私を引っ張っていく琉生くんの足は止まることはない。

そうこうしているうちに、異変に気づいたクラスメイトの視線が次から次に向けられる。

あからさまに囃し立てる声や、悲痛な声まで様々だ。

このままこの場所にいる方が、話のネタになってしまう。

「ご、ごめん！　また明日！」

それだけ言うと、琉生くんと一緒に教室をあとにする。

「明日！　絶対に話、聞かせてね！」

そんな声が教室から私たちに投げかけられたけれど、聞こえないふりをした。

ズンズンと歩く琉生くんのあとを追いかける。

掴まれた箇所がじんじんと熱い。

「琉生くん！　もう手、離しても大丈夫だよ」

「え、あ……っ、悪い！」

私の声で、ようやく自分が私の腕を掴んでいることを思い出したのか、琉生くんは慌てた様子で手を離した。

離れた瞬間、先ほどまでの熱さが消えていく。

あの熱は私のものだったのか、それとも琉生くんのものだったのか、どちらかはわからない。

でも、嫌じゃないぬくもりがなくなった寂しさだけが残った。

「早く行かないとって思ったから……。悪かった」

「別に悪くはないけど……。でも、どこに行くつもりなの？」

私の問いかけに、琉生くんは無言になってしまう。

どうやらまだ内緒のようだ。

「まあ、いいんだけど。でもさっきみたいなこと言ったら誤解されちゃうよ？」

「誤解？」

「だから、その、ふたりで遊びに行くような関係なのかって」

直接的な言葉を使う勇気はなくて、ぼかしたような言い方をしてしまう。

でも琉生くんにはきちんと伝わったようで、隣で肩をすくめた。

「そういうこと。別に、言いたいやつには言わせておけばいいよ」

気にも留めていない様子に、こちらの方が心配になる。

「でも……」

琉生くんを好きな子に勘違いされたら困るんじゃないの。

そんな言葉が出かかったけれど、どうしてか口にできなかった。

「それに」

黙ってしまった私の隣で、真っ直ぐ前を見ながら琉生くんは言った。

「なにを言われたって、死んだら関係ないだろ」

「それは、そうだけど」

そう言われてしまえば、たしかにそうだ。

けど、私か琉生くんのうちどちらかは生き延びるのだから、そういう問題でもない気がする。

「まあ、いいから。な？」

まだなにか言おうとしているのを察したのか、琉生くんは話を終わらせると、スマホを確認して声を上げた。

「まずい、電車が出ちゃう」

「え？」

「これに乗らないと予定してるのに間に合わない。急ぐよ」

そう言って走り出した琉生くんの背中を必死で追いかけながら、だんだんと息が苦しくなる。

普段なら走るなんて面倒なことしないのに、琉生くんと一緒に走るのはどうしてか嫌じゃなかった。

駅に着くとタイミングよく電車が来て、私たちは大阪駅方面へ向かう電車に乗った。

「そろそろどこに行くか教えてくれてもいいんじゃない？」

「んー、もうちょっとしたらね」

未だに目的地を教えてもらえないまま、電車は大阪駅に着き、そこで環状線に乗り換えた。

「あ、次で降りるよ」

そう言って開いたドアから降りた先は、福島駅《ふくしま》だった。

「福島って初めて降りたかも」

改札を出て、辺りをキョロキョロと見回す私に「こっち」と琉生くんはひとり歩いていく。

「たしかこっちに行くと……」

「琉生くんは行ったことがあるの？」

「小学校の頃、遠足で来たんだけど、そのときはバスだったから」

スマホで場所を探す琉生くんの手元を覗き込んだ。

「市立科学館？」

「あっ」

「科学館に行きたいの？」

「まあ、そうだけど。なんで見るんだよ」

「だってふたりで探した方が早いかなって思って。あっ、あっちに標識出てるよ！」

少し先に市立科学館まで『この先90メートル』と書かれた標識を見つけて指さす。

琉生くんもそれを見て少しホッとしたような表情を浮かべた。

「もうすぐだね。これなら間に合いそうだ」

なにに間に合いそうなのかはもう聞かなかった。

尋ねてもきっと答えてくれないのはわかっていた。

そしてそれはなんとなく、私のためなんだろうなと思った。


科学館に到着すると、琉生くんは迷うことなく地下一階へと向かう。

そこにあったのは、プラネタリウムだった。

「ここ、世界最大規模なんだって」

チケットカウンターでチケットを買いながら琉生くんは言う。

「そうなんだ……って、待って。私、自分の分は出すよ」

「いいって、俺が付き合わせてるんだし」

「でも……」

「いいから、いいから」

押し切られるようにしてチケットを受け取った。

星は好きだけど、プラネタリウムは好きじゃなくて、今まで数えるほどしか来たことがない。

作り物感が否めないのと、解説が入るせいで没入感が失われてしまう。

私はただ広い夜空に輝く星を眺めるのが好きなのだ。

でも、せっかく連れてきてくれて、しかもチケット代まで出してくれているのだ。楽しまなくては失礼、かもしれない。

中は広々としていて、平日の昼間ということもあってかガラガラだった。

「貸し切りみたいだね」

「ホントだね。遠足とかとぶつからなくてよかったよ。どの辺がいい？」

「んー、じゃあ真ん中かな」

どうせなら一番見やすいところをと、真ん中にふたり並んで座った。

すぐに上映時間になり、辺りは暗闇に包まれた。そして——。

「え……」

映し出された星々に、私は言葉を失った。

「本物とは、違うけど」

琉生くんはそう言うけれど、目の前に広がる吸い込まれそうなほどの星々は本物と比べても遜色がない。

手を伸ばせば届いてしまいそうな星々から、目が離せなくなる。

プラネタリウムなんて紛《まが》い物で、本物の星空にはかなわないとずっと思っていた。

思い込んでいた。

でも本当はこんなにも綺麗で……、目を奪われる。

「綺麗……」

「よかった」

無意識のうちに口からこぼれた言葉に、琉生くんはホッとしたように言う。

暗くてよく見えないけれど、きっと笑みを浮かべているに違いない。

「ありがとう。私が星空が好きだって言ったから連れてきてくれたんだよね」

まさかプラネタリウムに連れてきてくれるなんて思ってもみなかった。

お礼を言う私に、琉生くんは「それだけじゃなくて」と呟いた。

他にもなにかあるのだろうか。そう尋ねようとしたとき、解説の声が聞こえた。

「この夜空は、北海道にある〝星の降る里〟と呼ばれる場所の星々です」

「嘘……」

聞こえてきた解説に耳を疑う。

今、なんて言ったの？　嘘、でしょ……？

まさか、そんな。

反射的に口元を押さえる。
そうしないと、あふれる想いが、声となって漏れてしまいそうだったから。
「どうしても、今日、この時間の上映に連れてきたかったんだ」
「……っ」
もう二度と見ることなんてできないと思っていた。
思い出の中だけに閉じ込めておくのだと、そう思っていた。
なのに、あの日見た星空がこうして今、私の目の前に広がっている。
両親と、そして妹と楽しく笑い合って過ごしていた日々を思い出す。
あの頃は、些細なことでも楽しくて幸せだった。
明日が来るのを当たり前だと思っていた。
毎日が輝いているのが当然だと信じていた。
それが、いつからだろう。
なにもかもが色あせて見えて、自分の見ているものに現実味がなくなったのは。
どこか遠くの景色のように思うようになったのは。
友達と笑っていても、心の中にぽっかりと大きな穴が空いたように虚しくなる。
家族といても、私だけ異質なもののように感じてしまう。
だんだんと自分がわからなくなった。

鏡に映る自分の輪郭がどんどんとわからなくなって、そこにいるはずなのに、目の前に映っているはずなのに、自分の顔がぼやけて見えていた。

でも、今目の前に広がる星空は、こんなにも鮮やかに輝いている。

いつか見た星空によく似ているからだろうか。

それとも、隣で見ているのが琉生くんだから、だろうか。

「英茉……？」

頬を熱いものが流れ落ちていく。

拭っても、拭ってもあふれる涙が止まらない。

隣に座る琉生くんもそれに気づいたようで、慌てたように身体を起こした。

「大丈夫？」

「だい、じょうぶ」

「つらい……？　苦しい……？　ごめん、俺……」

「違う。違うの。そうじゃなくて」

突然泣き出した私に琉生くんは心配そうな声をかけてくれるけれど、つらいわけでも苦しいわけでもない。

ただ、ただ星空が綺麗で、私が忘れてきたものが、なくしてきたものがそこに広がっているようで。

それが嬉しくて、あたたかくて、涙があふれて止まらなくなっていた。

「あり、がとう」

琉生くんのおかげで、この星空をもう一度見ることができた。

「本当に、ありがとう」

泣きじゃくりながら伝える私の手に、琉生くんのぬくもりがそっと触れた。

そのあたたかさが優しくて、どうしようもなく愛おしかった。


館内に明かりがつき、上映が終わった。

放心状態とはこういうことを言うのだろうか。

私は天井を見上げたまま、しばらく動けなかった。

「英茉？　大丈夫か……？」

心配そうに声をかけてくれる琉生くんに頷くと、ようやく身体を起こした。

「琉生くん、ありがとう。すごく、すごくよかった」

「そっか。喜んでもらえたなら俺も嬉しい」

照れくさそうにはにかむと、琉生くんは「行こうか」と言って立ち上がる。

私もそのあとをついて歩く。

琉生くんにちゃんと伝わっているのだろうか。

琉生くんの見せてくれた星空が、どれだけ私の心に響いたか。

ううん、もしかしたら私が思う十分の一も伝わっていないのかもしれない。

でも、それでいいとさえ思える。

私の思い出の中の煌《きら》めきは、私だけのものだから。

「でも、ホントすごかったね」

不意に琉生くんが口を開く。

「あんなに綺麗だなんて思わなかった。本物はもっと綺麗なんだろうな」

「うん、そうだね。もっと、もっと綺麗だよ」

「そっか……」

それ以上は、お互い口にできなかった。


『いつか見に行ってみたいね』

『一緒に見たいな』

『ふたりで見たい』

それが叶わないのはお互いにわかっていた。

口に出しても意味のないことだと理解していた。

どちらかの命が尽きるまで、あとたったの三日しかない。

三日しか、こうやって一緒にいられない。

「……帰ろうか」

「……そうだね」

科学館を出ると、ふたり並んで歩き出す。

隣を歩く琉生くんの手が私の手に触れる。

どちらかから、というわけじゃない。

自然に、どちらからともなく、気づけば私たちは手を繋いでいた。

この気持ちを、人はなんと呼ぶのだろう。

好き、なんて言葉じゃ言い表せない。

こんなふうに相手の幸せを、相手に生きていてほしいと心の底から願うこの気持ちはいったいなんなのだろう。

これが、恋？

それとも人は、これを愛と呼ぶのだろうか。

琉生くんのことを思うと、涙があふれそうになる、この想いが愛なのだろうか。

ううん、名前なんてどうでも良い。

ただ、この手のぬくもりが消えないでほしいと今は思う。

死にたいと願っている琉生くんに生きていてほしいと思うことは、私のエゴなのかもしれない。ワガママなのかもしれない。

でも、それでも私は琉生くんに生きていてほしい。

私が生きていたくない、だから死にたいと思う気持ちよりも、ただただ琉生くんに生きていてほしかった。

この手からぬくもりを奪わないでほしかった。

でも、本当は――。

繋いだ手に、力を込める。

ずっとこの手を繋いでいたい。

琉生くんの隣で笑っていたい。

ずっとずっと、一緒にいたい。

でも、それが叶わないのであれば――。


プラネタリウムに行った翌日、琉生くんの周りには珍しく人がいなかった。

どうかしたのかと様子を見ていると、考え込むような表情で頬杖をつき机をジッと見つめている。

なにか悩んでいるような様子に、みんなが遠巻きにしているのだとわかった。

「……琉生くん、おはよう」

声をかけると、肩がビクッと震えたのがわかった。

「ああ、英茉。おはよう」

「どうしたの？　なんかボーッとしてたけど」

「うん……。ちょっと、色々考えてて」

色々、と言うときに少しだけ声のトーンを落としたのに気づいた。

もしかして。

「……ハクのこと？」

琉生くんが息を呑んだ。

その反応に、ハクの、そしてきっと死ぬかどうかの話だと確信した。

「まあ、うん。そんなとこ。ちょっと色々考えちゃって」

「そっか。たしかに、明後日だもんね。考えるよね」

「うん……」

覇気のない返答は、今までの琉生くんとは違って見えた。

多分、きっと、琉生くんは迷っている。

死を選ぶか、それともこのまま生き続けるか。

ううん、もしかしたら生きたいと思っているのかもしれない。

「後悔のないようにしないとね」

「そうだね……」

「あ、そういえば穂波が北海道の雑誌持ってきてたよ。琉生くんも一緒に見ない？」

「そうなんだ。……うん、見ようかな」

席を立って琉生くんは私と一緒に穂波のもとへと向かう。

今の琉生くんにはきっと、心残りがたくさんある。

それが生きたいと、死にたくないと思う理由になればいい。

死にたいなんて、思わなくなればいい。

金曜日、修学旅行に向けてテンションが上がる教室に、背筋が伸びるような紙が配られた。

進路調査票だった。

帰りのホームルームで配られた希望大学を三つ書けるその紙は、軽く小さいはずなのに妙に重たく感じた。

「これを元に三者面談をするから、ちゃんと書けよ。ふざけて書いたら進路指導室に呼び出すからな」

担任の言葉に教室のあちらこちらからため息とブーイングが起きる。

といっても、死ぬ予定である私には関係ない。

こんなもの書いたところで、大学になんて行かないどころか、高校三年生にさえならないのだから。

けれど、きちんと書かずに呼び出されるのもそれはそれで面倒だ。

「まあ、こんなところかな」

私はそこそこ無難な大学名を三つ書いた。

ひとつは私の成績では少し背伸びしないと難しいところ、もうひとつはそこそこ頑張れば多分合格するだろうというところ、最後のひとつは余裕で入れるところ。

これなら担任も納得するのではないかと思われるラインだった。

書き終えて辺りを見回すと、琉生くんが難しい顔をして進路調査票を見つめていた。

シャープペンシルを持つ手は動いておらず、悩んでいるのが伝わってくる。

帰りのホームルームが終わって、部活の子たちが教室をあとにし始めても、琉生くんは自分の席を動かなかった。

「どうしたの?」

琉生くんの席に向かい声をかけると、やはり机の上には進路調査票が真っ白のまま置いてあった。

「ああ、英茉。ちょっと悩んでて」

死ぬつもりなのに、どうしてそんなもので悩んでるの。

なんて、いじわるなことは言わない。

むしろ琉生くんにはちゃんと悩んでほしい。

これから先、何十年と続く人生における選択のうちのひとつなのだから。

「来週までに書けばいいんだから、今悩まなくてもいいんじゃない？」

「それはそうなんだけどね」

頷きながらもどこか歯切れの悪い言葉だ。

「なにを悩んでるの？」

進路調査票を配られるのはこれが初めてではない。

一年から二年に上がるときに、文系と理系を決める必要があるので、そのときもこうして同じ紙が配られた。

といっても、一年のときはみんなもっと気軽に書いていた気がする。

担任もあそこまで厳しくは言わなかった。

東大《とうだい》と書いて呼び出しをくらった子がいる、なんて笑い話も聞こえてきたほどだ。

それが二年の後半になると、担任も、そして私たちもこの紙の持つ重さを自覚するようになる。自分たちの未来を決める紙なのだと。

そんな思い描くような未来があれば、の話だけれど。

だから進路調査票が配られたあと、琉生くん以外にも睨めっこをするように難しい顔で真っ白な紙を見つめる子は他にもいたのだけれど。

「なにもかも迷ってる」

でも、琉生くんが書けないというのは意外な気がする。

しかも、なにもかも迷っているなんて。

「前のときはどこを書いたの?」

まさかふざけて書いていたとは思えないけれど、念のために尋ねてみた。

すると、琉生くんが口にしたのは、自宅から通える範囲の大学ばかりだった。

「大阪府外は考えないの?」

「え……、いや、無理だよ」

一瞬驚いたような表情を浮かべ、すぐに小さな笑みを浮かべて首を振った。

「兄貴のことを考えたら、俺が家を出るわけにいかないでしょ。だから、自宅から通えるところ以外は選択肢に上がらないよ」

「どうして?」

「どうしてって、だから……」

「どうして琉生くんが、お兄さんのために進路を狭められなきゃいけないの? 琉生くんの人生は琉生くんのものなんだから、誰かのために琉生くんが犠牲になる必要なんてないんだよ」

真っ直ぐに琉生くんを見つめる。

目を見開き、驚きを隠さないまま私を見る琉生くんの瞳は、小さく揺れていた。

「俺の人生は、俺のもの……」

「そうだよ、当たり前でしょ。誰かのせいにして諦めたら、絶対に後悔するよ。自分の未来は自分で決めなきゃ」

「そう、か……。そう、だよね」

琉生くんはブツブツとなにかを呟き、俯いてしまう。

言い過ぎた、だろうか。

でも、琉生くんには自分の人生を諦めてほしくなかった。

もっと明るい未来が待っているのだと知ってほしかった。

「他府県、か」

「前向きに考えてみてもいいんじゃないかな。家から出れば、ご両親からもお兄さんからも距離を取ることができるでしょ。そうしたら、誰かのためじゃなくて自分のために生きられると思うの」

私は精一杯の想いを伝える。

死を賭けた話し合いをしている相手だからじゃなくて、大切な友人——ううん、私の大切に想っている人だから。

「そりゃもちろん家族だから、本当の意味で縁を切ったり、完全に離れたりすることは難しいかもしれない。私たちはまだまだ子どもだから、親に頼らなくちゃいけないことだってあると思う。でもね、琉生くんの人生は琉生くんのものなんだから、琉生くんが自分で自分を幸せにする権利はあると思うんだ」

「……そんなふうに考えたことなんてなかった」

悲しそうに微笑むと、琉生くんは言う。

「もっと早く英茉と出会いたかった。こんな関係じゃなくて、ただのクラスメイトとして、もっと、もっと早く」

それは私も感じていた。

もっと違った形で出会えていれば、私たちの関係も違ったかもしれない。

でも、私たちはあの瞬間、お互いの死への想いを共有したからこそ、こんなふうに心の内をお互いにさらけ出せているのかもしれない。

だとしたら、こういう形でしか私たちは仲良くなれなかった。

これが私たちのベストな出会い方だったのだ。

だから。

「私は、あの日、あのとき琉生くんと出会えてよかったと思ってるよ」

あのとき出会えたからこそ、琉生くんから死を取り上げられる。

琉生くんに未来を与えることができるのだから。

「ねえ、そろそろ帰ろうよ」

声をかけると、琉生くんは頷いて進路調査票を鞄《かばん》に入れた。

真っ白なその紙に、琉生くんはなんと書くのだろう。

それを知ることができないのは、心残りかもしれない。

でもきっと、幸せになれる場所を自分で見つけてくれると信じている。

外に出ると、少し肌寒い。

秋の風はどんどんと冬の香りへと移り変わっていく。

私たちはどちらからともなく手を繋いだ。

「あったかい」

「急に冷えてきたもんね」

「もうすぐ冬だね」

少しずつ、木々が色づき始めている。

来週にはもっと綺麗な色に変わるだろうか。

「……死にたくないな」

琉生くんは吐き出すように、ポツリと言った。

その言葉に、胸の奥がギュッと締め付けられる。

ハクは私か琉生くん、どちらかの魂を持っていくと言っていた。

その数はひとつでなければならないとも。

私が生きたいといえば、本来持っていく予定だった琉生くんの魂を当然のようにハクは持っていくだろう。

ハク曰《いわ》く、私はイレギュラーなのだから。

その逆で、琉生くんが死にたくないと言えば、数さえ合えばいいであろうハクは私の魂を持っていくはずだ。

ハクの前で、琉生くんに『死にたくない』と言わせなければいけない。

琉生くんと繋いだ手に、ギュッと力を込めた。

「……私も、死にたくないな」

それは嘘と本心が入り交じった言葉だった。

「ハクにさ、どっちも死にたくないって言ったらどうなるかな?」

卑怯なことを言っているとわかっている。

琉生くんはきっと、ふたりで生きたいと思ってくれている。

だから、こんなことを言えば、どう答えるかわかっていた。

私の質問に、琉生くんは少し考えるような表情を浮かべた。

「そのときは、どっちも連れていかない、とか？　ほら、死にたいと思っている人の魂を連れていきたいって言ってたし」

たしかに、そうも言っていた。

でも、きっとそうじゃないことを私は知っていた。

二回目のあの日、琉生くんが来る前に私はハクから聞いていた。

『必ずどちらかの魂は持っていかせていただきます。たとえどちらも死にたくないと願ったとしても』

だから、絶対にどちらかは死ぬのだ。

でも、それを琉生くんは知らない。

そうはならないことを知りながら、私は「たしかに！」とわざと明るい声を出した。

「死にたい方を連れていくって言ってたもんね」

「それじゃあ」

琉生くんは立ち止まると、私を見つめた。

「ふたりでハクに死にたくないって言うのはどうかな」

「……それ、いいね」

「意味、わかってる？」

琉生くんはたしかめるように私に言う。

「英茉と一緒に、生きたいって言ってるんだよ」

私を見つめる視線が、痛いほどに真っ直ぐで、目を逸らしそうになる。

でもここで逸らすわけにはいかない。

あとひと押し、なのだから。

「わかってる」

わかってるに決まってる。

私だって一緒だ。琉生くんと一緒に生きたい。

琉生くんと一緒にこうやって帰って、たまに寄り道をして、修学旅行にだって行って、お土産を一緒に選んで、それで、それで……。

涙がこみ上げてくるのを必死に堪える。

まだ、泣けない。琉生くんの前では絶対に泣けない。

「私も、琉生くんと同じ気持ちだよ」

ホッとしたような表情を見せたあと、琉生くんは照れくさそうに、そして幸せそうに笑った。

「俺、英茉のこと好きだと思う」

「……っ」

好きな人が、私のことを好きだと言ってくれる。

それがこんなにも嬉しくて、苦しいことだなんて知らなかった。

「わた、しも」

喉の奥から、声を、言葉を絞り出す。

「私も、琉生くんのこと、好きだよ」

この気持ちは本当だ。嘘じゃない。

繋いでいた手を解くと、指を絡め手を繋ぎ直す。

先ほどついた嘘への、ごめんなさいを込めて。

そして、大切な人のぬくもりを、忘れまいとして。

第六章　十月三十一日

審判の日がやってきた。

朝から外は快晴で、夜は星がよく見えるだろうと天気予報で言っていた。

もうこの部屋で過ごすことはない。

家族にも、友達にも未練なんてないと思っていたはずなのに、今日で最後だと思うと、少しだけ寂しく思うのはどうしてだろう。

今さら家族に伝えたいなにかがあるわけではない。

私がいなくなったとして、最初は少し悲しむかもしれない。

優しい家族のことだ。涙も流してくれるだろう。

でも、時間が経つにつれ、きっと私の死は風化していくはずだ。

家族が四人から三人に減ったことを除けば特別なにかが変わることはなく、きっと今日の延長線上に家族の暮らしがあるのだと思う。けれど。

「あら、珍しい。土曜日なのにもう起きたの？」

リビングに向かうと、母親がクスッと笑う。

その言い方にイラッとしたけれど、カウンターに用意された私のと思われる朝食を見つけてなにも言えなくなった。

「ちょっと待ってね。今、朝ご飯をあたためるから」

「なんで私の分も作ってあるの？」

いつ起きてくるかもわからない私の朝ご飯が用意されていることに動揺する。

けれど、母親は当たり前だと言わんばかりに微笑むと、電子レンジにお皿を入れた。

「起きたらすぐに食べれられるようにって思ってね」

「え……、まさか、いつも？」

「そうよお。知らなかったの？」

知らなかった。

知ろうともしなかった。

「あ、そうだ。朝ご飯を食べながらでいいから、少しお話できる？　昨日、進路調査票もらって帰ってきたんでしょう？」

「どうして……」

「うちの職場に、英茉と同じ高校に行ってる子のママがいるって話、前にしたの覚えてない？　その人から昨日の夜、メッセージで聞いたのよ」

そんな人がいたなんて話、聞いただろうか。

聞いたかもしれない。でも覚えていなかった。

家族から、目を逸らし続けてきたから。

「それでね」

カウンターに私の朝ご飯を並べながら母親は話を続ける。

「英茉の進路について話がしたくて」

「そんなの別に……」

「お母さんもお父さんも、英茉がどんな進路を選んだとしても応援するし、そのためのお金の準備はしてあるの」

「え？」

静かに話す母親は、優しい瞳で私を見つめ、柔らかく微笑んでいた。

「だからね、行きたいところややりたいことがあるなら、英茉の好きなようにしてもいいの。大学だって専門学校だって就職だって、英茉の選んだ道を応援するわ。それだけ伝えたくて」

親が大学の費用を用意する、それが当たり前ではないことを知らないほど子どもではない。

どれぐらいの費用がいるかだって、見当がつかないわけでもない。

それを私が選ぶ道ならどんな道でも応援すると言ってもらえることが、どれだけありがたくて——そして、どれほど愛されているか、今ならちゃんとわかる。

ずっと居心地が悪くて、家族なのに少し距離を感じていた。

妹のように愛想よく懐に入れれば、もっと自然に家族の一員として過ごせるのにと羨んだことさえあった。

でも、違った。

妹と比べなくたって、私は、ちゃんと愛されていた。

そして多分、今初めてわかった。

私も、家族のことを大切に思えていた。

「そっか……」

「え？」

「ううん、ありがとう」

最後に、愛されていたことがわかってよかった。

愛していたことに、気づけてよかった。


その日の夜、私はこっそりと自宅を出た。

自分の部屋は綺麗に片付けた。

手紙でも書こうかと思ったけれど、そんな芝居じみたことはしたくなくてやめた。

代わりに、メッセージカードにひと言だけ。

『ありがとう』と書き残した。

街灯の明かりを頼りに、どこかスッキリとした気持ちで外を歩く。

頭上には、たくさんの星々が輝いている。

あの子も、最後の日はこんな気持ちだったのだろうか。

私が死んだことを聞いたら、穂波は怒るかもしれないな。

希帆ちゃんは、きっと泣いてくれると思う。

決して、つらい気持ちで死んだんじゃないことを誰にも伝えられないことが残念だ。

私は、自分の意思で死を選ぶ。大切な人の命を守るために。

だから、後悔はない。

私の自宅から少し行ったところに、人影があった。

「お待たせ」

「俺も今来たところだよ」

琉生くんはぎこちなく笑った。

今日で終わりだから一緒に行こうと約束したのだ。

差し出された手をそっと握りしめる。

「四週間、あっという間だったね」

「ホントだね。長かったようで、一瞬だった」

この四週間のことを思い返すと、たくさんのことがあったように思う。

琉生くんのことを知って、気づいたら惹かれていた。

けど、もしかしたら最初から琉生くんは私にとって特別だったのかもしれない。

『ただ生きていたくないだけ』

そんな私の気持ちを笑うことも馬鹿にすることもなく、肯定してくれて受け入れてくれた。

あの瞬間、どれだけ私の心が軽くなったか、きっと琉生くんは知らない。

空を見上げると、流れ星が流れた。

「琉生くんは、流れ星になにを願う？」

「え、急にどうしたの」

「ほら、あの日もたくさんの流星が流れてたでしょ。だから、今の琉生くんならなにを願うかなって」

死にたい、以外の願いごとがあればいい。

そんな軽い気持ちで尋ねた私の問いかけに、琉生くんはそっぽを向くと、私にだけ聞こえるぐらいの小さな声で言った。

「……英茉と、ずっと一緒にいられますように」

「琉生くん……」

繋いだ手に力が込められたのがわかった。

琉生くんの一番の願いごとが、未来を願うものに変わったことが嬉しい。

私と一緒の未来を夢見てくれたことが、涙が出るほど嬉しい。

たとえその未来が叶わないとわかっていたとしても。

「ありがと」

「なにが？」

「そう思ってくれて、すごく嬉しい。……私も、同じ気持ちだから」

そうできたらどれだけ嬉しいだろう。

明日も明後日も、琉生くんの隣を歩けたら、どれほど幸せだろう。

「叶うと、いいよね」

「え？」

思わず漏れてしまった言葉に、琉生くんがこちらを向いた。

だから、慌てて笑顔を向ける。

「叶えようね」

少しだけ、言葉を変えて。

琉生くんは少しだけ怪訝そうに眉をひそめていたけれど「ね！」と念押しするように言うと、静かに頷いた。

「叶えるよ」

決意のような言葉に、罪悪感が湧いた。

ごめんねの気持ちは胸の奥にしまっておく。

まだそれを、見せるわけにはいかないから。

公園が見えてきて、私は琉生くんから手を離した。

「ハクになにか勘ぐられても嫌だから」

私が言うと琉生くんは不服そうな表情を浮かべた。

「別に見られてもいいと思うけど」

「でもほら、お互いを助けたいから死にたくないって言っているように思われたら、ややこしいでしょ？」

「それは、そうかもしれないけど」

理解はするけど納得はしていない、そんな感じが手に取るようにわかる。

だから私は、ズルい言葉を口にする。

「ふたりで、生きたいから。少しでも変に思われるのは避けたくて」

「……うん」

琉生くんが私から一歩離れると、それはいつもの私たちの距離だった。

公園にふたり並んで入ると、ベンチに座っているハクが見えた。

「今日はふたりで来たんですね」

「入り口のところでちょうど会ったから」

「そうですか。仲が良いのは良いことですね」

クスクスと笑うハクが、なにを考えているのか私にはわからなかった。

「今日が最終日です。ふたりの気持ちを聞かせてもらえますか？」

私たちと目線を合わせるようにベンチの上に立つと、ハクはにんまりと笑みを浮かべて尋ねた。

「琉生、キミから聞くね。死にたい気持ちに変わりはない？」

「俺、は……」

言葉に詰まった琉生くんに、ハクは少しだけ意外そうな顔をした。

「あれれ？　琉生、もしかして死にたくなくなりました？」

「……っ」

琉生くんが私の方を見た。

今はもう離してしまった手をギュッと握りしめると、ハクに向き直る。

「俺も英茉も、どちらも死なないっていうのは、駄目なのか？」

「琉生も英茉も？　うーん、それはちょっと難しいですね」

眉をひそめているのに、どうしてかハクが楽しそうに見える。

まるで琉生くんが困っているのを、喜んでいるかのように。

「必ずどちらかの魂は連れていきます。最初にそうお伝えしたでしょう」

「でも……っ！」

「琉生か英茉、どちらか一方は死にます。必ずです」

絶望の表情を浮かべたあと、琉生くんはハクを睨みつけた。

「それなら――」

「私が死ぬの」

そんな琉生くんの言葉を遮ると、私は一歩前に出た。

私の背後で琉生くんが息を呑んだのがわかったけれど、振り返ることはしなかった。

「やあ、英茉。キミには話したことがあったよね。『たとえどちらも死にたくないと願ったとしても』、必ずどちらかの魂は持っていくって」

「言ってたね。だから、私が死ぬの。私は――」

ためらいそうになる気持ちを振り払う。

「今も変わらず。ううん、今の方が死にたいって、思ってる」

「英茉……？　嘘だろ……？」

「嘘でこんなこと言わないよ」

琉生くんの問いかけに、静かに答える。

そう、嘘じゃない。

本気で私は死にたいと思っている。

生きる意味がわからないから、ではない。

琉生くんを死なさないために。

「どう、して……どうしてだよ！　英茉！」

私の肩を掴むと、強引に自分の方へと向かせた。

ショックとも怒りともわからない表情で琉生くんは私を見つめる。

私はただ微笑みかけることしかできない。

ふたりで生きることができないと知っていた。

それなら私の望みはひとつだ。

琉生くんに生きてほしい。

生きて幸せを見つけてほしい。

未来を夢見てほしい。

ただそれだけだった。

「たしかに、英茉は死にたい気持ちでいっぱいだね」

「でしょ。だから、あなたが連れていくのにふさわしいのは私だと思うの」

「そうだね。僕もそう思うよ」

「ふざけんなよ！」

うんうんと頷くハクを琉生くんが怒鳴りつけた。

「なんでだよ！　なんで英茉を……！　なら俺を殺せよ！　英茉の代わりに俺が死

ぬ！　それでいいだろ!?」

「んー、琉生。うるさいよ」

ハクが迷惑そうに言って笑った。

その瞬間、琉生くんの身体がその場に崩れ落ちた。

「琉生くん!?」

「大丈夫、眠らせただけだよ。このまま吠《ほ》えられ続けても迷惑だからね」

「迷惑って……」

琉生くんの想いをなんだと思ってるんだと、感情のままハクを怒鳴りつけたかった。

でも、ギリギリのところでなんとか堪えた。

ここで私まで怒りに呑まれてしまえば、ハクの気が変わってしまうかもしれなかったから。

「そう、だね。騒がれても困るもんね」

「そうそう。まあでもそこで転がしておくのも気の毒なのでこちらに移動させましょうか」

ハクはベンチから飛び降りると、先ほどまで自分が立っていた場所に琉生くんを寝かせた。

ぷかぷかと浮かびながらベンチに寝かされても、琉生くんは微動だにしなかった。

恐る恐るその手に触れると、ぬくもりが伝わってくる。

よかった、あたたかい。生きている人の、手だ。

これが最後だと思うと、このぬくもりが恋しくて手を離せない。

本当はこのままずっと握りしめていたい。でも。

「もういいですか?」

冷たいハクの声が、私の背中に投げかけられた。

ギュッと、琉生くんの手を握りしめる。

大好きと、さよならを込めて。

「うん、もういいよ」

目尻に滲む涙をそっと拭うと、ハクの方を向く。

ざざっと風が吹き、木々が揺れる。

「それじゃあ、あの日からやり直しましょうか」

ハクがパチンと指を鳴らすと、まるで渦に呑み込まれるように景色が、世界が逆回転していく。

なにが起きているのかわからない。

でも、その渦の中で琉生くんの身体が流されてしまわないように必死に抱きしめた。

気が付くと、世界は回転を止め、私は公園に立っていた。

辺りはなにも変わっていないように思う。

けれど、空を流れる星々に違和感を覚えた。

今日、流星群が見られるなんてニュースはあっただろうか。

こんなにもたくさんの流星群、まるであの日みたい――。

「まさか」

ハッと気づいてハクを見る。ハクはご名答とばかりに笑った。

「そう、今は十月三日。あの事故の夜です」

「時空が、戻ったの……？」

「そういうことです。なにせ本来なら琉生はこの日に死ぬ予定でしたからね。十月三十一日の回収予定ではないんです。なので、三日に戻させてもらいました」

「そんな、ことが」

できるのか、というのは愚問だと思う。

だって現に今、目の前で起こっているのだから。

「ああ、琉生の身体を捕まえていてくれたんですね。ありがとうございます。じゃあ、琉生にも戻ってもらいましょうか」

ハクは先ほどのように指を鳴らす。

その瞬間、琉生くんの身体が私の腕の中から消えた。

「琉生くん!?」

「大丈夫です。琉生は今頃、自宅のベッドで眠っています。このまま朝まで目を覚まさないはずです」

朝まで起きないということは、琉生くんが自殺することもないということだ。

琉生くんが助かる。

ただそれだけで、その場に座り込んでしまいそうになるぐらい安心した。

「次に琉生が目覚めるとき、この世に英茉はいません」

「うん、わかってる」

「それからもうひとつ。英茉からこの二十八日間の記憶を消させてもらいます。あの日と同じように行動して、そして――死んでください」

とんでもないことを事もなげに言うハクを、初めて恐ろしいと思った。

でも、死ぬことは怖くない。

「わかった」

琉生と過ごした日々の記憶はハクによって奪われるかもしれない。

でも、二十八日間をかけて琉生のことを好きになったその心までは奪わせやしない。

それがたとえ、死に神相手だとしても。

「ふふ、覚悟を決めた顔をしてますね」

ハクの頬が紅潮しているのが見えた。

でも、もうどうでもいい。

怖いとか、気持ち悪いとか、そんな感情を抱くことさえ惜しい。

今はただ琉生くんのことだけ考えていたかった。

「それでは、英茉のことも元の場所に戻します。そのあとは――わかりますね」

静かに頷く私にもう一度笑顔を向けると、ハクは指を鳴らした。

次の瞬間、私は自分の部屋の窓の前にいた。

エピローグ　十月三日

ふと気がつくと、私は窓際に立ち、空を見上げていた。

今までなにをしていたのか、よく覚えていない。

でも夜空を流れる星々に強烈に惹かれた。

こんなふうに星空を見上げるのはいつぶりだろう。

幼い頃は、星空が好きだった。

それこそ、子どもの頃、家族で北海道に旅行したあの日見た満天の星があまりにも綺麗で、それからずっと大好きだった。

どうして忘れていたんだろう。

「……行かなきゃ」

星空を見ているうちに、どこかに行かなければならないような、そんな焦燥感に駆られた。

行かなきゃ。

でも、どこに？

わからない。

でも、どこかへ行かなきゃいけない気がした。

家族に気づかれないように、そっと家を出る。

見上げた空にはたくさんの星が降っていた。

星たちに導かれるように、私はふらふらとした足取りで、目的地もわからないまま彷徨い歩いた。

このままもう少し歩けば公園がある。

そういえば、あの鳥はどうなっただろう。

無事に飛び立てただろうか。

それとも死んでしまっただろうか。

「無事だといいな……っ」

自分の口からこぼれた言葉に驚いてしまう。

助かってほしいと思っているのだろうか。

でも、どうして……。

人工物であるワイヤーに足を搦《から》め取られ、理不尽に生を終えようとしていた鳥を思い出す。

私はあの鳥になにを重ねているのだろう。

誰を重ねて……。

「……っ」

その瞬間、目がくらむほどの光が私を襲う。

それがすぐそばに迫ったトラックのヘッドライトだと気づいたときには、もう遅かった。

足がすくみ、動けなくなった私にトラックは無情にも——。

「危ない！」

声が聞こえたのと、私の腕が引っ張られたのが同時だった。

「いった……い……」

「大丈夫か!?　怪我はない!?」

「だい、じょうぶ、だけど……って、桐生くん？　どうしてここに」

通り過ぎるトラックが照らしたのは、同じクラスの桐生琉生だった。

クラスでも明るくて人気者で、いつもみんなの中心にいる人。

そんな桐生くんがどうしてこんな時間に、こんなところに？

ううん、そんなことより。

「今、私……」

桐生くんが腕を引っ張ってくれていなければ、さっきのトラックに轢かれて、死んでいた。

その事実に、私の身体がガタガタと震えた。

怖かった。

一歩間違えれば死んでいたことが、怖くて怖くて仕方なかった。

生に固執しているつもりなんてなくて、どちらかというとどうして生きているのか、どうして生きなきゃいけないのか、ずっとわからなかった。

彼女が死んだあの日から、私の中で生きることへの思いが薄れてしまっていた。死んでいないから生きているだけで、死んだとしても別によかった。

そう思っていた。なのに。

未だに震えの止まらない身体を自分の腕で抱きしめる。

この震えは、生きたいという思いの証《あか》しだ。

こんなにも死にたくないと、死が怖いと思っている私が、いたなんて。

「よかった……間に合った。本当によかった……」

ふわりと誰かに抱きしめられる感覚とぬくもりが、私を包み込んだ。

それが桐生くんのぬくもりだと気づいたのは、もう一度耳元で「よかった」と呟く声が聞こえたからだった。

「あり、が……」

とう、と続けるつもりだった。

けれど、先ほどの桐生くんの言葉に、私は違和感を覚えた。

『間に合った』と桐生くんは言った。

危機一髪のところで間に合った、という意味にも取れる。

けれど、私にはそうは聞こえなかった。

桐生くんの言葉はまるで、私が轢かれることを知っていたかのようだった。

そんなことあるわけがない。でも。

「どうして、私を助けてくれたの？」

一歩間違えれば、自分も巻き込まれていたかもしれない。

それなのに、どうして。

私の質問に、桐生くんは身体を離すと、柔らかい笑みを浮かべた。

「生きていてほしいと思ったから」

答えになっていない。

でも、もう一度私の身体をギュッと抱きしめる桐生くんのぬくもりを、どうしてか知っている気がした。

「あ……」

知らず知らずのうちに、私の頬を涙が伝い落ちていた。

これはいったいなんの涙なのだろう。

命が助かったこと？　それとも、私も知らない理由がなにかあるの？

「ねえ、英茉」

私の涙をそっと拭うと、桐生くんは笑顔を見せる。

どうしてか、その瞳が涙で濡れている気がした。

「明日さ、一緒に出かけようよ」

「明日？」

「そう。それでさ、明後日は一緒に帰ろう。しあさっても、その次も、俺と一緒にいろんなことをして、いろんなところに行って、笑い合おう」

「いろんなことを、桐生くんと一緒に？」

「ああ。……もう、生きていても楽しくないなんて思わせないから。俺に、明日が明るくて楽しいことを教えてくれたみたいに、今度は俺が、英茉に教えるよ」

桐生くんは私の名前を呼ぶ。

今までそんな呼び方はしていなかったはずなのに、そうやって呼ぶのが自然とでも言うように、何度も何度も呼んできたとでもいうかのように、優しく甘い声で呼ぶ。

それが嫌じゃなくて、どうしようもなく嬉しくて、私は涙を流しながら、静かに頷いた。

◇◆◇

そんな私たちを見守るように、頭上には満天の星が広がっていた。

屋根の上に立ち、ふたりの姿を見下ろしながらハクは首を振った。

「あーあ、結局こうなっちゃいましたか」

きっとあのふたりは、もう死にたいと思うことはないだろう。

それだけ、誰かを想う力というのは、誰かに想われるということは、心を強くする。

大切なものがあるというだけで、生きたいと思える力になる。

はじめて会ったときの彼らには、それが全くというほど感じられなかった。

でも、今は――。

四週間を無駄にしたなと思いつつ、涙を流す英茉を見て肩をすくめた。

「しょうがないですね。英茉には借りがありますし」

まだ本調子じゃない足の具合を確かめるようにつま先をトントンと鳴らすと、顔をしかめた。

血は出ていなかったものの、傷はついていたようで痛みがなかなか引かなかった。

それでも、ワイヤーが足に絡みついたままであれば、きっとあの場で死んでいただろう。

命を助けられた借りを返したと思えば、まあ、こんな結末もありかもしれない。

「さて、怒られてきましょうか」

ポケットから取り出した手帳の英茉と琉生の名前に取り消し線を書く。

そして、もう一度ふたりに視線を向けると、ハクは静かに夜空へと姿を消した。
星降る空に、真っ白な鳥が一羽。
瞳はまるで闇夜のように暗く、鋭く光る。
その姿が見えなくなった夜空に、幾つもの星々が降り注いだ。
奇跡と、ほんの少しの気まぐれを祝うかのように。

もうひとつのエピローグ　十月三日

ふと気がつくと、俺は自室のベッドの上にいた。
眠っていたのだろうか。
さっきまで自分がなにをしていたのか、全く思い出せなかった。
ふらふらとする頭で、ベランダに向かう。
空には星が瞬いていた。
星になんて興味ないはずなのに、視線が釘付《くぎづ》けになる。
夜空に瞬く星々を見つめていると、なにかを忘れているような気持ちになる。
誰かとなにかを約束した気がする。
でも、誰だか思い出せない。
とても大切な約束だったはずなのに。
「あ、流れた」
その瞬間、流星の尾が真っ暗な夜空に描かれた。
「……っ」
ひとつ、ふたつと星たちが降り注ぐ。
そのたびに、胸の奥に、あたたかい記憶がよみがえる。
「どう、して」
こんなに大事な記憶を、忘れられたのだろう。

彼女と、英茉と過ごした四週間の大事な記憶。

死ぬことしか考えていなかった俺に、生きたいと思わせてくれた。

「流星……って、まさか」

そんなことあるわけない。

そう思いながらも、もしかしたらと思ってしまうのは、英茉と過ごした不可思議なあの四週間があったから。

一度死んだはずの俺と英茉がハクという少年と出会い、死を賭けて自分の気持ちと向き合うことになったあの日々は、普通とは違っていた。

「やっぱり。やり直してる」

スマホに表示されていた日付は『十月三日』。

それは、俺と英茉が死んだはずの日だった。

「これは、つまり……」

思い出せ。

最後に話したとき、英茉は、ハクはなんて言っていた？

俺が自室にいるなら、英茉は？

英茉は今、どこにいる？

『あなたが連れていくのにふさわしいのは私だと思うの』

「まさか……英茉っ！」

俺は自室を飛び出すと、慌てて階段を駆け下りる。

「琉生！　うっせえな！　ぶち殺すぞ！」

「……っ、うるさい！」

リビングで暴れていたらしい兄貴に言い返すと、俺はそのまま外に出た。

今日が四週間前のあの日なら、きっと英茉は事故に遭う。

そして、その魂を、ハクが持っていく。

「嫌だ！」

そんなの嫌だ。

ワガママだって言われてもいい。

俺は、英茉と生きたい。

英茉と一緒に、学校に行って、他愛のない話で笑って、帰り道に寄り道もして、それで、ふたりで一緒に星が見たい。

いつか英茉が見たっていう北海道の星を、英茉の隣で見たい。

「俺の隣には、いつだって英茉にいてほしいんだ！」

だから――っ。

公園を過ぎ、英茉の自宅の方へと走る。

「間に合え……っ！」

全力で走ったせいで、息が、肺が苦しい。

でも、これは俺が生きているからだ。

誰かと一緒にいたいと思うのも、苦しいと感じるのも、全部今俺が生きているから。

生きていたいと思うから。

だから――。

その瞬間、眩い光が辺りを照らす。

それがトラックのヘッドライトだと気づいたのと、その前で立ちすくむ英茉の姿を見つけたのは同時だった。

「危ない！」

無我夢中で英茉の腕を掴むと、俺は自分の方へと引き寄せた。

「大丈夫か!?　怪我はない!?」

言いながら英茉の身体を確認する。

擦り傷はあるけれど、大きな怪我はないようだった。

英茉が無事なことにホッとして、俺はその場に座り込んだ。

英茉は今頃恐ろしくなったのか、小さく震える身体を自分の腕で抱きしめている。

その身体を、俺は思わず抱きしめた。

「よかった……間に合った。本当によかった……」

腕の中のぬくもりが、英茉の心臓の音が、生きていることを教えてくれる。

「よかった……」

「あり、が……」

掠れたような英茉の声は、最後まで言い切ることなく途切れた。

続きを言う代わりに、英茉は俺に問いかけた。

「どうして、私を助けてくれたの？」

その質問の答えは、決まっている。

俺は身体を離すと、英茉に微笑みかけた。

「生きていてほしいと思ったから……っ」

言い終えた瞬間、涙があふれてきて、それを見られるのを防ぐように俺は英茉をもう一度抱きしめた。

「あ……」

俺の腕の中で、英茉が小さく声を上げた。

そっと顔を覗き込むと、英茉の頬が涙で濡れていた。

その涙を指で拭うと、俺は英茉を見つめる。

「ねえ、明日さ、一緒に出かけようよ」

「明日?」

不思議そうに繰り返す英茉に、俺は静かに頷いた。

「そう。それでさ、明後日は一緒に帰ろう。しあさっても、その次も、俺と一緒にいろんなことをして、いろんなところに行って、笑い合おう」

「いろんなことを、桐生くんと一緒に?」

「ああ。……もう、生きていても楽しくないなんて思わせないから。俺に、明日が明るくて楽しいことを教えてくれたみたいに、今度は俺が三上に——英茉に教えるよ」

だからもう、死にたいなんて思わないで。

俺を生かすために、自分の生を消そうとしないで。

『好きだよ、英茉。大好きだ』

想いはいつか、流星の尾のように弧を描き、君へと届くだろうか。

その日が来るまで、俺は何度でも伝えるよ。

君がこれから迎える全ての日を、一緒に過ごしたいんだと。

◇
◆
◇

懐かしい町に来たついでに、いつか会った彼女らがどうしているのか気になって、ハクは少しだけ足を伸ばすことにした。

仕事で知り合った人間の中で、今も生きているのは彼女たちだけだ。

だから、少し気にするぐらい、許されてもいいだろう。

「あれから何年経ったんでしたっけね」

人間と死に神とでは、時の流れが違う。

ハクは、見た目も、仕事も、あの日と変わらないけれど、彼女たちはどうだろう。

今も一緒にいるのだろうか。

それとも、それぞれの道を歩き出したのだろうか。

興味本位といえばそれまでだけれど、自分の命を差し出してまで相手を生かそうとした彼女と、想いの力でハクの能力を打ち破り、記憶を取り戻した彼の、その後が知りたかった。

いっそ、別れていれば面白いかもしれない。

そうすれば、あのときあんなに必死だったのにねえ、と笑い飛ばすことができる。

なんて、期待したのに。

「……なぁんだ、期待外れですね」

窓の中から覗き込んだ室内には、眠る英茉の姿。

ベッドのサイドボードに置かれた写真立てには——どこかの夜空をバックに、制服姿の琉生と撮った写真が飾られていた。

「……まあ、楽しそうでなによりです」

いっそ別れていれば、なんて思ったけれど、それが自分の本心じゃないことはハク自身が一番よくわかっていた。

幸せになっていればいい、なんて薄気味悪いことは言わないけれど、不幸になってほしかったわけじゃない。

まあ、もしも叶うなら。

「次に死んだときは、また僕が来てあげるから。だから、それまでは元気で過ごしてくださいね」

そう呟くと、ハクはつま先をトントンと鳴らして、それから白い鳥へと形を変え、闇夜に姿を消した。

ハクが消えた空には、満天の星が降り注ぎ、真っ白な流星の尾が一筋の光を残す。

まるで彼女らが過ごす今への、祝福の光であるかのように。

あとがき

はじめましての方も、そしていつもお読みくださっている方も、こんにちは。望月くらげです。この度は『死にたがりの僕たちの28日間』をお手に取ってくださり、ありがとうございます。

このお話は、友人の死をきっかけに生きていたくないと思うようになった主人公・英茉と苦しい思いから死にたいと思っている琉生の、死を賭けた28日間の物語です。

謎の少年・ハクから持ちかけられた死を賭けたゲームを通して、ふたりがどう変わっていくのか、そしてどんな選択をするのか、ぜひ最後まで追い掛けていただければ嬉しいです。


本編の中で星空やプラネタリウムが出てきますが、みなさんは星空は好きですか？私は水族館の次に好きな場所がプラネタリウムです。ストーリー仕立てになっているお話や星座の成り立ちを聞くのも好きですし、ただただ星を眺めているだけの時間も心がリラックスできるのでゆったりと過ごすことができます。

心が疲れたときにピッタリの癒やしの空間だと思いますので、機会があれば是非足

を運んでみてください。あ、寝不足で行くと本当に最初から最後まで寝ちゃうので気をつけてくださいね（笑）

それでは、最後に謝辞を。

とても素敵な装画を描いてくださった萩森じあ様。透明感があって繊細な十代の女の子を表現されるじあ様のイラストがずっと大好きだったので、今回手がけていただいて本当に嬉しかったです。ありがとうございました！

担当編集様。スケジュールギリギリの中、最後の最後までよりよい作品にするため一緒に頑張ってくださり、本当にありがとうございました。

そして、いつも切磋琢磨している作家仲間達。一緒に頑張る仲間がいることは私にとって何よりの支えです。これからもどうぞよろしくお願いします。

そしてなにより、この本を手に取ってくださった、全ての方々へ。

皆様のおかげで、こうしてまた本を届けることができました。感謝の気持ちでいっぱいです。本当にありがとうございます。

それでは、ここまで読んでくださり、本当にありがとうございました。

またいつか皆様にお会いできることを心より願って。

望月くらげ

この物語はフィクションです。実在の人物、団体等とは一切関係がありません。

望月くらげ先生へのファンレターのあて先
〒104-0031　東京都中央区京橋1-3-1　八重洲口大栄ビル7F
スターツ出版（株）書籍編集部 気付
望月くらげ先生

死にたがりの僕たちの28日間

2025年2月28日　初版第１刷発行

著　者　望月くらげ　

発 行 人　菊地修一
デザイン　フォーマット　西村弘美
　　　　　カバー　齋藤知恵子
発 行 所　スターツ出版株式会社
　　　　　〒104-0031
　　　　　東京都中央区京橋1-3-1　八重洲口大栄ビル7F
　　　　　TEL　03-6202-0386　（出版マーケティンググループ）
　　　　　TEL　050-5538-5679（書店様向けご注文専用ダイヤル）
　　　　　URL　https://starts-pub.jp/
印 刷 所　大日本印刷株式会社

Printed in Japan

ISBN　978-4-8137-1709-6　C0193